dtv

Eines Morgens wird Sheriff Wing zu einem kuriosen Einsatz gerufen. Ein nackter Russe wurde an einen Baum gefesselt aufgefunden, er flucht und randaliert, will aber nicht erzählen, was passiert ist. Nach und nach findet Wing heraus, dass der Russe auf Sean Duke angesetzt wurde, einen jungen Troublemaker im Städtchen Ulster. Denn Duke ist in eine abseits stehende Villa eingebrochen und hat etwas gestohlen, das der Eigentümer wiederhaben will – ein russischer Oligarch, der Probleme nach Oligarchenmanier zu lösen pflegt. Aber auch Wing geht das Problem auf seine Weise an: Er übt sich in Geduld. Dabei stößt er allerdings auf Widerstand in den eigenen Reihen und gerät in arge Bedrängnis. Und auch die Russen lassen nicht locker …

Castle Freeman wurde 1944 in Texas geboren, wuchs in Chicago auf, studierte an der Columbia University in New York und zog 1972 mit seiner Frau nach Vermont aufs Land. Er verfasste fünf Romane, zwei Erzählungsbände, eine Essaysammlung und eine Stadtgeschichte (Townshend, Vermont).

Castle Freeman

Auf die sanfte Tour

Roman

Aus dem amerikanischen Englisch
von Dirk van Gunsteren

dtv

Von Castle Freeman ist bei dtv außerdem lieferbar:
Männer mit Erfahrung (14622)

Ausführliche Informationen über
unsere Autoren und Bücher
www.dtv.de

2018 dtv Verlagsgesellschaft mbH & Co. KG, München
Lizenzausgabe mit Genehmigung des Nagel & Kimche
im Carl Hanser Verlag
© 2009 Castle Freeman
Alle Rechte der deutschsprachigen Ausgabe:
© 2017 Nagel & Kimche im Carl Hanser Verlag München
Im Original erschien das Buch erstmals unter dem Titel ›All That I Have‹
bei Steerforth Press, Hanover (NH), USA.
Umschlaggestaltung: dtv nach einem Entwurf von
Hauptmann & Kompanie, Zürich, unter Verwendung eines Fotos
von Trevillion Images/James Walker
Gesamtherstellung: Druckerei C.H.Beck, Nördlingen
(Satz nach einer Vorlage von Nagel & Kimche)
Gedruckt auf säurefreiem, chlorfrei gebleichtem Papier
Printed in Germany · ISBN 978-3-423-14678-4

Er aber antwortete und sprach zum Vater: Siehe, so viele Jahre diene ich dir und habe dein Gebot noch nie übertreten; und du hast mir nie einen Bock gegeben, dass ich mit meinen Freunden fröhlich wäre. Nun aber dieser dein Sohn gekommen ist, der sein Gut mit Dirnen verprasst hat, hast du ihm das gemästete Kalb geschlachtet. Er aber sprach zu ihm: Mein Sohn, du bist allezeit bei mir, und alles, was mein ist, das ist dein.

Lukas 15:29–31

DER MACKER UND
DER MORGENRÜCKEN

Am Dienstagmorgen um sieben stand Clemmie barfuß und im Bademantel an der Küchentheke und gab Milch in ihren Kaffee, als das Funkgerät krächzte. Clemmie hörte zu. Sie nahm einen Schluck Kaffee. Das Funkgerät verstummte. Clemmie wandte sich von der Theke ab.

«Was hat er gesagt? Ein Macker?», fragte sie.

Ich saß hinter ihr am Frühstückstisch. Ich sah ihren Rücken. Ihren Morgenrücken. Am Abend zuvor hatten wir uns mal wieder ein bisschen in die Haare gekriegt – nichts Ernstes, bloß ein kleines Sparringsmatch, ein Schaukampf. Trotzdem bekam ich nur ihren Rücken zu sehen. Wenn sie will, kann ihr Rücken so einladend sein wie die Nordflanke des Mount Nebo.

Die Meldung kam von Trooper Timberlake. Er war irgendwo am Ende der Welt, an der Diamond Mountain Road in Ulster, und er klang verwirrt.

«Das war Timberlake», sagte ich. «Ich werd dann mal.»

«Er hat was von einem Macker gesagt», sagte Clemmie. «Das hat er doch gesagt, oder? Was hat er damit gemeint?»

«Macker sind harte Männer», sagte ich. «So wie ich.»

«Na klar, so wie du», sagte Clemmie.

Das klang ganz gut, fand ich. Wenn ich es schaffte, die Tür ein Stück aufzustoßen, würde ich Clemmie vielleicht dazu kriegen hindurchzugehen. Ich legte noch ein bisschen nach.

«Es gibt Männer, die Macker sind», sagte ich, «und einer davon bin ich.»

«Wenn du ein Macker bist», sagte Clemmie, «ist alles ja noch viel schlimmer, als ich gedacht habe.»

Und weg war sie, hinter der Barrikade, wo sie Pflastersteine sammelte – nicht für jetzt vielleicht, aber für später. Ich trank meinen Kaffee und stand auf.

«Ich muss los», sagte ich.

«Willst du nicht erst frühstücken?», fragte Clemmie. «Iss wenigstens einen Toast.»

«Macker frühstücken nicht», sagte ich, ging zur Küchentür und nahm den Pick-up-Schlüssel vom Haken.

«Jetzt mal im Ernst», sagte Clemmie, «er hat doch was von einem Macker gesagt, oder? Was hat er damit gemeint?»

«Ich glaube nicht, dass er das gesagt hat», antwortete ich.

Trooper Timberlake war an der Ausweichstelle für den Schneepflug, kurz vor der Gemeindegrenze von Ulster. Ich hielt hinter seinem Wagen und konnte sehen, dass auf dem Rücksitz des Streifenwagens, hinter dem Gitter, jemand saß. Timberlake stieg aus und kam zu mir.

Timberlake war ungefähr fünfundzwanzig und wie gemacht für die State Police: mindestens eins fünfundneunzig, durchtrainiert, das Haar blond, aber so kurz geschnitten, dass die Haut durchschimmerte. Er sah aus wie das größte Baby der Welt, ein Baby, das, kaum geboren, schon einarmige Liegestütze gemacht hatte. Timberlake war, wie viele seiner Kollegen, vom Marine Corps zur State Police gekommen. Man muss nicht unbedingt der von den Toten auferstandene General Patton sein, um es dort zu etwas zu bringen, aber schaden kann es nicht.

«Der Mann war in einen Kampf verwickelt, Sheriff», sagte Timberlake. «Jemand hat ihn im Vorbeifahren gesehen und es gemeldet. Er war da drüben an einen Baum gebunden. Hat eine dicke Beule am Kopf und ein blaues Auge. Sein Arm ist auch irgendwie verletzt. Rettungswagen ist unterwegs.»

«Ihnen auch einen schönen guten Morgen, Trooper», sagte ich.

«Nicht viel aus ihm rauszukriegen», fuhr Timberlake fort. «Nur so viel ist klar: Er ist nicht aus der Gegend. Kann nicht mal Englisch – kann nicht oder will nicht. Schreit in irgendeiner Sprache herum, aus der ich nicht schlau werde. Irgendein Kauderwelsch.»

«Keine Kleider?»

«Korrekt, Sheriff. Keinen Faden am Leib.»

«Und an einen Baum gebunden?»

«Korrekt, Sheriff. An einen Baum gebunden, übel zugerichtet und splitternackt.»

«Dann wollen wir ihn uns mal ansehen», sagte ich.

Timberlake trat einen Schritt zurück, und ich stieg aus. Wir gingen zu Timberlakes Streifenwagen, auf dessen Rücksitz die Umrisse eines Mannes auszumachen waren.

«Halten Sie lieber ein bisschen Abstand, Sheriff», sagte Timberlake.

Die Hände des Mannes waren auf dem Rücken gefesselt. Er hatte eine Decke um die Schultern, deren Zipfel über dem Schoß gefaltet waren. Er war klein und mager und hatte langes, fettiges blondes Haar. Seine Haut war so bleich, als hätte er in einem Keller oder auf dem Grund eines Brunnens gelebt. Er hatte nichts an, überhaupt nichts, nicht mal Strümpfe. Als Timberlake und ich an den Streifenwagen traten, spuckte er durch das halbgeöffnete Fenster.

«Vorsicht, Sheriff, er spuckt», sagte Timberlake.

Der Nackte begann zu wüten und gegen die Lehne des Vordersitzes zu treten. Er schlug den Kopf an das Fenster. Er schrie und fluchte. Es klang, als würde man mit der Motorsäge durch einen dicken Zuckerahornstamm gehen und plötzlich auf eine eingewachsene eiserne Saftrinne stoßen.

«Was für eine Sprache ist das, Sheriff?», fragte Timberlake.

«Das ist Russisch.»

«Russisch?»

«Klar», sagte ich. «Erkennen Sie das nicht, Trooper?»

«Negativ, Sheriff», sagte Timberlake.

«Ich dachte, heutzutage bringt man euch Jungfüchsen was bei», sagte ich.

«Nicht alles, Sheriff», sagte Timberlake.

«Und wer hat das Ganze gemeldet?»

«Kann ich nicht sagen, Sheriff. Er hat keinen Namen genannt.»

«Da sind die Sanis.»

Der Rettungswagen aus Cumberland hielt hinter meinem Pick-up, und die Assistenten stiegen aus und kamen zum Streifenwagen. Sie warfen einen Blick auf Trooper Timberlakes Passagier, der ihnen unverständliche Flüche entgegenschleuderte und sich auf dem Rücksitz gebärdete wie eine wütende Schlange, und weigerten sich, ihm zu nahe zu kommen. Doch der Fahrer war ein großer, starker Bursche wie Timberlake, und zu dritt gelang es uns, dem Mann einen Sack über den Kopf zu stülpen und aus dem Wagen zu zerren. Trotzdem wäre er uns beinahe entwischt, denn er rammte dem Rettungswagenfahrer den Kopf in den Bauch, trat Timberlake dahin, wo man es am wenigsten gern hat, und rannte los, die Straße entlang. Allerdings musste er an mir vorbei, und so ging ich einen Schritt beiseite und stellte ihm ein Bein. Der Russe flog hart auf den Bauch, und dann griffen Timberlake und der Fahrer zu und waren nicht mehr sehr gut auf ihn zu sprechen. Sie packten ihn auf die Rollbahre und schnallten ihn fest, und dann schoben wir ihn in den Rettungswagen. Sie brachten ihn nach Brattleboro. Timberlakes Schichtführer sagte, an der Internationalen Schule gebe es vielleicht jemanden, der sich mit ihm verständigen könne.

Die Sache ist: Clemmie sagt, ich mag ihren Vater nicht. Sie hat recht. Ich mag ihn nicht. Er mag mich auch nicht – also ist alles okay, und wir sind quitt. Man muss seinen Schwiegervater nicht mögen. Und der muss seinen Schwiegersohn nicht mögen. Es ist wirklich kein Problem, aber Clemmie sieht das anders. Und dann sagt sie, ich mag ihren Vater nicht und habe ihn *noch nie* gemocht. Und das stimmt nicht. Ich mochte ihn. Nachdem Clemmie uns miteinander bekannt gemacht hatte, mochte ich ihn für ungefähr fünf oder zehn Minuten. So lange brauchte ich, um zu merken, dass Addison Jessup mich missbilligte, dass er fand, ich sei nicht annähernd gut genug für seine einzige Tochter, und dass ihm der Gedanke an eine Verbindung mit einem halbgaren Hinterwäldlerbullen durch und durch zuwider war – mit einem Wort: dass ihm die ganze Sache mit Clemmie und mir missfiel.

Die Tatsache, dass ich Addison eine Woche zuvor wegen Trunkenheit am Steuer einkassiert hatte, stand der Entwicklung eines herzlichen Verhältnisses wahrscheinlich ein bisschen im Weg. Aber auch das hätte nicht unbedingt ein Problem sein müssen. Für mich war es keins. Die Arbeit eines Sheriffs unterscheidet sich in mancherlei Hinsicht von der anderer Polizisten – ich werde das noch näher erläutern –, nur in einem Punkt nicht: Die Leute wollen, dass man seinen Job macht und dass man ihn nicht macht. Sie wollen, dass man seinen Job macht, aber nicht bei ihnen.

«Wenn du dich nur ein kleines bisschen bemühen würdest», sagte Clemmie. «Wenn du ihm wenigstens ein einziges Mal entgegenkommen würdest. Er ist nicht mehr der Jüngste. Es geht ihm nicht gut. Er wird nicht ewig leben.»

«Nicht?», sagte ich. «Bist du sicher?»

«Ich kann nicht auf deiner *und* seiner Seite sein», sagte Clemmie. «Ich stehe die ganze Zeit in der Mitte.»

«Du stehst überhaupt nicht in der Mitte», sagte ich. «Ich bin der ungebildete Hinterwäldler, der deinem Vater seine einzige Tochter, sein kleines Mädel, weggenommen hat. Das gefällt ihm nicht. Ich kann nicht machen, dass es ihm gefällt. Und du auch nicht. Hör auf, dir darüber den Kopf zu zerbrechen.»

«Er hält dich nicht für einen ungebildeten Hinterwäldler.»

«Doch, tut er. Und er hat recht.»

«Wenn er recht hat – was bin dann ich?»

«Die Frau eines ungebildeten Hinterwäldlers, würde ich sagen.»

«Genau. Verstehst du? Daran denkst du nicht.»

«Nicht?»

«Nein. Nie. Du ziehst einfach deine Bahn, wie du es immer tust, wie du es immer getan hast. Du bist dir deiner so sicher. Du siehst mich gar nicht.»

«Ich sehe dich sehr gut.»

«Nein, tust du nicht. Du siehst mich nicht. Du siehst niemanden.»

«Ich sehe dich. Ich sehe deinen Vater. Und willst du wissen, was ich da sehe?»

«Nein. Vergiss es.»

«Willst du es wissen?»

«Vergiss es einfach.»

«Wenn du willst, sag ich's dir.»

«Nein, ich will es nicht wissen. Herrgott. Soll ich dir sagen, was ich will? Was ich mir wünsche? Ich möchte wie du sein. Lach nicht – das möchte ich wirklich. Ruhig. Gelassen. Immer im Recht. Das wäre großartig. Das würde mir gefallen, wirklich. Wie machst du das bloß? Wie bist du so geworden?»

«Ich hab einen Kurs belegt.»

In jener Nacht schlief ich auf dem Sofa, und am nächsten Morgen zeigte Clemmie mir ihren Morgenrücken. Natürlich. Wenn es nicht so gewesen wäre, hätte ich mir Sorgen gemacht. Ihr Morgenrücken hätte mir gefehlt. Was Addison von mir hielt, was ich von Addison hielt, was das für Clemmie bedeutete und was dies wiederum für mich bedeutete und wie sich das alles unaufhörlich im Kreis drehte, war für Clemmie und mich ein nie versiegender Quell reinster Freude. In diesem Revier hatten wir oft gejagt. Wir hatten viele Federn und Haare gelassen und jede Menge Pulver verschossen.

Aber mit dem Morgen kommt die Freude, wie es in der Kirche immer heißt – und wenn sie nicht kommt, kann man immer noch aus dem Haus und zur Arbeit gehen. Gott sei Dank gibt es Macker.

RUSSEN IN DISNEYLAND

Kann ich Russisch?

Nein, kann ich nicht, ebenso wenig wie Trooper Timberlake. Natürlich nicht. Mit meiner Bemerkung über seine man-
gelnde Ausbildung hatte ich ihn bloß ein bisschen auf den
Arm nehmen wollen. Ich wollte ihn foppen. Na klar. Die Timberlakes dieser Welt muss man einfach foppen, sobald sich eine
Gelegenheit bietet. Timberlake macht das nichts aus. Er ist …
wie nennt man das noch, wenn einer rundherum so gepolstert
ist, dass man gar nicht zu ihm durchdringt? Unverwundbar.
Timberlake zu foppen ist, als würde man einem Elefanten mit
dem Luftgewehr in den Hintern schießen: Er ist nicht nur unversehrt – man weiß nicht mal, ob er überhaupt was gemerkt
hat.

Also: nein. Ich wusste nicht, dass das, was Timberlakes allzu
spärlich bekleideter Kunde da oben am Diamond Mountain
von sich gab, Russisch war. Ich wusste es nicht, und zugleich
wusste ich es doch. Denn sobald Timberlake mich gefragt hatte
und ich mich hatte antworten hören: «Russisch», wusste ich,
dass ich recht hatte, und ich wusste auch, warum. Ein Strom-
kreis hatte sich geschlossen, und mit einem Mal fiel ein Licht
auf einen ganz anderen Teil des Spielfelds. Ein Russe. Ein nackter Russe. Noch ein nackter Russe.

An dem Freitag, bevor Timberlakes Russe auftauchte, hatten
wir einen automatischen Alarm aus einem Ferienhaus in Grenada bekommen. Die Benachrichtigung kam von einem priva-

ten Sicherheitsdienst, von dem ich noch nie gehört hatte. Das war nichts Ungewöhnliches. Viele der neuen Anwesen wurden von Firmen betreut, die ihren Sitz sonst wo hatten; man hätte meinen können: Je größer und teurer das Haus, desto weiter entfernt der Sicherheitsdienst.

Das Haus, von dem der Alarm gekommen war, lag fast eine Stunde vom Sheriffbüro entfernt, aber Lyle Keen, einer meiner Deputys, fuhr an diesem Morgen in Grenada Streife, und so ließ ich ihn von Beverly anfunken und ihm sagen, er solle mal dort vorbeischauen. Dann ging ich wieder an die Arbeit. Ich hatte gerade einen strengen Brief von einem Stadtrat in Ambrose bekommen. Jemand hatte ihn darauf aufmerksam gemacht, dass einer meiner Deputys einen Raser beinahe einen Kilometer weit bis in die Nachbargemeinde Gilead verfolgt hatte. Warum also, wollte der Stadtrat wissen, wurden die Kosten für diese Aktion der Gemeinde Ambrose aufgebürdet? Warum übernahm die Gemeinde Gilead nicht ihren gerechten Anteil? War mir eigentlich nicht klar, dass die mir bewilligten Mittel aus den Taschen der steuerlich ohnehin stark belasteten Bürger stammten? Begriff ich nicht, wie umsichtig und korrekt ich diese mir anvertrauten Mittel zu verwalten hatte? War ich nicht praktisch ein Veruntreuer, kaum besser als ein Pirat? Als Sheriff kriegt man solche Briefe, und wenn man Sheriff bleiben will, beantwortet man sie. Aber sie haben etwas Zermürbendes, so viel ist sicher.

Eine halbe Stunde später rief Beverly mir vom Funktisch zu: «Lyle ist dran. Haben Sie kurz Zeit?»

Ich nahm das Funkgerät. «Deputy?», sagte ich.

«Sheriff?», sagte Deputy Keen. Er klang, als könne er mich nicht gut hören. Unsere Funkgeräte stammten aus Armeebeständen – aus denen von George Washingtons Armee.

«Ich höre Sie gut, Deputy.»

«Können Sie mal raufkommen?», fragte Keen. «Ich bin bei dem automatischen Alarm in Grenada.»

«Was ist denn los?»

«Einbruch», sagte Keen. «Können Sie mal kommen? Das sollten Sie sich ansehen.»

«Wozu?», sagte ich. «War jemand da?»

«Nein. Das Haus ist leer. Es gibt einen Hausmeister. Ich hab ihn angerufen, er ist unterwegs. Können Sie kommen?»

«Warum?»

«Ihr Junge war mal wieder tätig», sagte Lyle. «Sie sollten es sich ansehen.»

«Mein Junge?»

«Würde ich sagen», antwortete Keen. «Ich zeig's Ihnen. Mal sehen, was Sie davon halten.»

Deputy Keen beschrieb mir den Weg, und ich fuhr gegen elf Uhr los. Ich trat aufs Gas und schaltete die Einsatzlichter ein. «Ihr Junge», hatte der Deputy gesagt. Ich wusste, wen er meinte.

Als ich in Grenada von der Hauptstraße auf die kleine Nebenstraße abbog, die sich zwischen den Hügeln hindurchwindet, wurde mir klar, dass es sich bei dem Haus, zu dem ich unterwegs war, um Disneyland handeln musste.

Wenn man nachts auf der Schnellstraße am Mount Stratton vorbei nach Süden hinunter ins Tal fährt, kommt man über einen Hügel und sieht rechts in der Ferne, auf dem Bergkamm im Westen, ein hell beleuchtetes Haus. Der Besitzer muss Aktien eines Stromversorgers haben, denkt man, denn nicht nur drinnen brennen alle Lampen – nein, auch draußen sind sämtliche Flutlichter eingeschaltet. Er hat anscheinend ein ganzes Lampengeschäft leergekauft. Das Haus steht ganz allein auf dem Kamm und leuchtet im Dunkeln wie ein ganzes Stadion. Die Leute hier nennen es Disneyland.

Nach sieben, acht Kilometern auf der Nebenstraße kam ich an die Zufahrt zum Haus. Sie war mit einer Schranke versehen, wie man sie von Bahnübergängen kennt: eine Stange, die von einem Elektromotor im Torpfeiler hinauf- oder hinuntergeklappt wurde. Jetzt war die Schranke geöffnet. Jemand hatte den richtigen Code eingegeben. Manche Ferienhausbesitzer hinterlegen ihren Code beim Sheriff oder bei der Feuerwehr, aber für dieses Haus hatten wir keinen. Nie gehabt. Das fiel mir ein, als ich durch die Zufahrt fuhr.

Es war eine bemerkenswerte Zufahrt. Sie führte in einer weiten Kurve durch den Wald bergauf und dann bergab, auf einer Betonbrücke über einen Bach und schließlich noch ein Stück bergauf. Ich erinnerte mich, dass Beverly gesagt hatte, die Zufahrt sei fast einen halben Kilometer lang. Ihr Schwiegersohn arbeitete für die Firma, die das Ding gebaut hatte. Ich hatte Beverly gefragt, ob ihr Schwiegersohn ihr auch verraten habe, wie viel man für einen halben Kilometer Straße mit einer Brücke eigentlich hinlegen musste, und sie hatte «Ja» gesagt, die Zahl aber nicht nennen wollen. «Sie sind mein Boss. Wenn ich's Ihnen sagen würde, würden Sie denken, ich bin betrunken oder verrückt oder beides. Und dann müssten Sie mich rausschmeißen.»

Die Straße endete in einer Rotunde vor dem Haus. Nach dieser Anfahrt wirkte es für ein paar Sekunden ein bisschen enttäuschend. Aber nur für ein paar Sekunden. Es bestand aus Glas und irgendeinem dunklen Holz, und anscheinend gab es zwar keine richtige erste Etage, dafür aber jede Menge Türmchen, Giebel, Balkone, Veranden und Erker. Es hörte gar nicht mehr auf.

Deputy Keens Streifenwagen stand in der Rotunde. Als ich ausstieg, trat er aus dem Haus. Er war allein.

«Ist der Hausmeister noch nicht da?», fragte ich ihn.

«Nein.»

Wir gingen nebeneinander zum Haus.

«Die Schranke war offen», sagte Keen. Er sah mich von der Seite an.

«Hab ich gesehen», sagte ich.

«Und was schließen Sie daraus?»

«Wo ist der Einbruch?», fragte ich ihn.

«Hinten», sagte er. «War wohl nicht schwer.»

«Nein?»

«Kinderleicht, Sheriff», sagte Deputy Keen.

Er führte mich um das Haus herum zu einer breiten Veranda an der Rückseite. Von hier aus überblickte man eine etwa fünf Hektar große Rasenfläche, die sich sanft abfallend bis zum Waldrand erstreckte. Links sah ich einen Tennisplatz, rechts einen Swimmingpool. Es gab sogar eine Driving Range: Auf einer kleinen Erhöhung standen vier Tees, und im Rasen steckten gelbe Fähnchen, damit man sehen konnte, wie weit man den Ball geschlagen hatte.

In einer Ecke der Veranda lagen ein paar Rollen Dachpappe, gebündelte Schindeln und diverses Werkzeug. Dort stand auch eines jener langen Gestelle, die Dachdecker brauchen, um Bleche zu biegen oder zuzuschneiden.

Deputy Keen blieb an der Glastür stehen, die von der Veranda ins Haus führte.

«Da», sagte er.

Die Tür war nicht einfach aufgebrochen, sondern regelrecht zerstört: Drinnen wie draußen war der Boden mit Glas- und Holzsplittern übersät. Neben der Tür standen aufgereiht vier Betonkübel, die mit irgendwelchen Farnen bepflanzt waren. Die Kübel waren etwa einen Meter hoch und mit Erde gefüllt – jeder wog mindestens fünfzig Kilo. Jemand hatte einen der Kübel hochgehoben und durch die Tür geschleudert. Er hatte nicht bloß die Scheibe eingeworfen, sondern die ganze Tür mitsamt der oberen Angel aus dem Rahmen gerissen.

«Scheint sich um einen Gentleman-Einbrecher zu handeln», sagte ich.

Deputy Keen sah mich an. «Das muss so ziemlich jeden Einbruchsalarm im ganzen Staat ausgelöst haben», sagte er.

«Da hatte es jemand eilig.»

«Und wen kennen wir, der es immer eilig hat?», fragte Deputy Keen.

«Da ist der Hausmeister», sagte ich.

Ein stämmiger Mann in mittleren Jahren und mit einer Red-Sox-Kappe kam die Veranda entlang auf uns zu. Ich kannte ihn nicht.

«Buster Mayhew», sagte er. Er schüttelte mir die Hand und nickte dem Deputy zu. Dann musterte er die demolierte Tür und schüttelte den Kopf.

«Mein lieber Mann», sagte er.

«Wollen Sie reingehen und nachsehen, ob was fehlt?», fragte ich ihn.

«Was?»

«Wollen Sie reingehen und nachsehen, ob was gestohlen ist?»

«Oh», sagte Buster Mayhew. «Ja. Klar. Sollte ich wohl.»

Er trat ins Haus. Der Deputy und ich folgten ihm.

Der Raum, den wir betraten, war eine Art Wohnzimmer. Es gab einen offenen Kamin und einen schönen Hartholzboden, einen riesigen Fernseher, Ledersofas und niedrige Tischchen. Abgesehen von den Glassplittern, dem Pflanzkübel und dem Farn, der in einem Haufen Blumenerde lag, war der Raum sauber und aufgeräumt. Zeitungen und Zeitschriften lagen ordentlich gefaltet auf den Tischen. Deputy Keen nahm eine der Zeitschriften und warf einen Blick darauf. Er legte sie wieder hin, nahm eine andere und zeigte sie mir. Auf dem Titelbild war ein

Foto von drei üppigen jungen Damen, die vor einem Birkenhain im Schnee standen. Sie trugen große Pelzmützen und sonst nichts. Gar nichts. Sie lächelten und winkten, die drei üppigen Damen im Schnee. Und dabei machten sie nicht den Eindruck, als wäre ihnen kalt. Die Schrift auf dem Titel war russisch. Sämtliche Zeitungen und Zeitschriften waren russisch, mit diesen seltsamen Buchstaben, bei denen man erst nach einer Weile merkt, dass man kein bisschen schlau daraus wird.

«Sind das Russinnen?», fragte Deputy Keen mich.

«Sieht so aus», sagte ich.

Er wandte sich an den Hausmeister. «Wem gehört das Haus?», fragte er ihn.

«Weiß ich auch nicht so genau», sagte Buster Mayhew. «Die sind nicht oft hier.»

«Und wer ist hier, wenn sie hier sind?», fragte ich ihn.

«Ausländer. Von irgendwoher. Sie sprechen kein Englisch. Deutsche vielleicht? Ich weiß nicht. Ich glaube nicht. Ich glaube nicht, dass es Deutsche sind, aber ich weiß es nicht. Könnte sein. Ich weiß eigentlich gar nichts über sie. Ich sehe hier bloß nach dem Rechten.»

«Und für welche Firma arbeiten Sie?»

«Eine Hausverwaltung in Manchester.»

«Welche?»

«O'Connor.»

«Wie lange sehen Sie hier schon nach dem Rechten?»

«Gott, ich weiß nicht. Ein Jahr? Weniger? Weniger.»

«Sehen Sie sich mal um», sagte ich. «Nur zu.»

Buster Mayhew ließ uns im Wohnzimmer zurück und durchsuchte das Haus. Als wir allein waren, wandte Deputy Keen sich wieder zu mir.

«Haben Sie gesehen, dass die Dachdecker hier waren?», sagte er.

«Ich hab das Werkzeug gesehen.»

«Da stand kein Firmenname drauf.»

«Ich hab keinen gesehen.»

«Aber ich wette, ich weiß, wem es gehört», sagte er.

«Ich nicht», sagte ich. «Wem denn?»

«Timmy Russell. Wollen wir wetten?»

«Ich wette nicht so gern», sagte ich.

Mayhew erschien in der Tür. «Die waren im Haus», sagte er.

Wir folgten ihm zu einem kleineren Raum, der wie ein Büro oder Arbeitszimmer eingerichtet war: ein großer Schreibtisch mit einem Sessel, ein paar andere Sessel, vor den Fenstern schwere Vorhänge. An einer Wand stand ein Regal mit vielen russischen und einigen englischen Büchern. Die Schreibtischschubladen waren nicht verschlossen. Sie waren allesamt herausgezogen und auf den Tisch und den Boden geleert worden.

«Können Sie uns sagen, ob etwas fehlt?», fragte Deputy Keen.

«Ach Gott, nein», sagte Mayhew. «Ich hab keine Ahnung. Ich glaube, in diesem Zimmer bin ich noch nie gewesen. Ich bin mehr für draußen zuständig.»

«Sieht so aus, als wären Dachdecker hier gewesen», sagte Deputy Keen.

«Stimmt», sagte Mayhew. «Die machen eine neue Einfassung für den Schornstein. Seit letzter Woche.»

«Aber heute sind sie nicht da», sagte ich.

«Nein», sagte Mayhew. «Die kommen, wenn es ihnen passt. Mir egal – Hauptsache, die Arbeit wird erledigt.»

«Dann haben Sie ihnen den Code für die Schranke gegeben?», sagte Deputy Keen.

«Code?»

«Für die Schranke an der Straße. Die elektrische Schranke.»

«Ach so», sagte Mayhew. «Ja, na klar, hab ich. Musste ich ja. Ich kann doch nicht die ganze Zeit hier sitzen und auf sie warten.»

«Haben Sie ihnen den Auftrag gegeben?»

«Genau.»

«Und wer ist gekommen?»

«Russell und seine Leute», sagte Mayhew. «Aus Bellows Falls. Kennen Sie die?»

«Wir kennen einen von ihnen», sagte Deputy Keen. Wieder wandte er sich zu mir. «Oder?», sagte er.

Wie es aussah, hatten wir den Tatort fürs Erste so weit wie möglich kontaminiert, und so ging der Hausmeister, um seinen Boss bei der Hausverwaltung anzurufen und eine Sperrholzplatte zu besorgen und was man sonst noch brauchte, um die Tür zur Veranda provisorisch zu ersetzen. Ich gab ihm eine meiner Visitenkarten für seinen Boss mit, damit der sich mit mir in Verbindung setzen konnte.

Ich wollte wieder zurück ins Büro, aber als ich in den Wagen steigen wollte, hielt Deputy Keen mich auf.

«Sheriff?»

Ich sah ihn an.

«Superboy arbeitet für Russell», sagte Keen. Superboy war der Name, den Keen und andere dem jungen Sean Duke gegeben hatten. Ich nannte ihn nicht so. Ich nannte ihn Sean.

«Stimmt», sagte ich.

«Er muss den Code für die Schranke gehabt haben», sagte Keen.

«Vielleicht», sagte ich. «Vielleicht auch nicht.»

«Und Superboy würde eine Tür genauso aufbrechen. Das ist ganz sein Stil. Außerdem weiß er, dass das hier draußen niemand hört.»

«Vielleicht.»

«Von wegen vielleicht», sagte Keen. «Kinderleicht, wie ich gesagt habe.»

«Wie Sie gesagt haben.»

«Ich glaube, ich werde mir Superboy mal vornehmen», sagte Deputy Keen.

«Das mache ich», sagte ich.

«Sie?»

«Ich werde mit ihm reden», sagte ich.

«Nein, werden Sie nicht», sagte Deputy Keen.

«Ach nein?»

«Sie wollen mit ihm reden wie damals bei der Van-Horn-Sache?», fragte Keen.

«Die Van-Horn-Sache war gar nichts.»

«Das hat Van Horn vielleicht ein bisschen anders gesehen.»

«Kann schon sein», sagte ich. «Okay, Deputy, vielen Dank für Ihre Einschätzung. Und jetzt sehen Sie mal, ob Sie einen finden, der zu schnell fährt, ja?»

«Ist das ein Befehl, Sheriff?»

«Würde ich sagen.»

«Ich kann ihn mir auch in meiner Freizeit vornehmen.»

«In Ihrer Freizeit können Sie tun, was Sie wollen, Deputy», sagte ich.

Keen sah mich finster an, nickte, ging zu seinem Streifenwagen und fuhr davon. Ich blieb allein vor dem Haus stehen. Ich hätte hineingehen und mich noch ein bisschen umsehen können, aber wozu? Ich hätte nur noch mehr Spuren von Sean gefunden. Alles, was Keen gesagt hatte, stimmte. Ich wusste es, er wusste es, und er wusste, dass ich es wusste. Und das war genau der Punkt: Wenn es um Sean ging, waren Deputy Keen und ich nicht gerade einer Meinung. Ganz und gar nicht. Und Deputy Keen ist nicht nur hart, sondern auch hartnäckig. Aber Deputy Keen ist nicht dumm. Und er ist ehrgeizig.

Nein, ich kann kein Russisch. Aber ich kann zwei und zwei zusammenzählen. Am Mittwoch sieht man einen kleinen grünen Mann mit einem halben Dutzend Augen und ein paar Antennen auf dem Kopf, der im Eckladen Bier kauft. Man fragt ihn, woher er kommt, und er sagt: vom Mars. Und am Samstag sieht man im Postamt ein paar grüne Männchen. Wie viele Informationen braucht man dann noch, um zu dem Schluss zu kommen, dass die Marsmenschen in der Stadt sind?

SHERIFFSEIN

Wie schon gesagt: Was den jungen Sean Duke betrifft, sind Deputy Keen und ich nicht derselben Meinung. Und es ist nicht der einzige Punkt, in dem wir nicht derselben Meinung sind. Diesen Fall in Grenada zum Beispiel findet der Deputy kinderleicht. Das sagt er, weil er sofort wusste, wer in das Haus der Russen eingebrochen ist, und weil er denkt, wenn er weiß, wer es war, und ihn festnimmt, ist seine Arbeit erledigt. Aber seine Arbeit besteht darin, Sheriff zu sein, und das, was er da macht, ist etwas anderes. Das ist Reparieren. Nehmen wir mal an, mein Wagen springt nicht an. Ich habe den Verdacht, dass es an der Zündspule liegt, baue sie aus und stelle fest, dass sie kaputt ist. Ich werfe sie weg und baue eine neue ein. Fertig. Aber Sheriffsein ist anders. Da gibt es keine Ersatzteile. Man arbeitet immer am Ganzen. Man muss das Ganze in Gang halten.

In Wirklichkeit hat Deputy Lyle Keen für das Sheriffsein nicht viel übrig. Für ihn ist ein Sheriff so etwas wie ein Amateurpolizist. Ein lascher Polizist. Und das stimmt auch irgendwie. Der Sheriff vertritt das Gesetz gegenüber Leuten, bei denen das eigentlich nicht nötig ist. Er setzt das Gesetz bei Leuten durch, die nicht – oder nicht sehr – dagegen verstoßen. Sheriffsein ist ungefähr so, als wäre man Rausschmeißer beim Wohltätigkeitsball: Wenn alles normal läuft, hat man nicht viel zu tun. Aber Lyle langweilt sich; er will mehr. Er hat es eilig.

Darum sieht er nicht immer alles, was er sehen sollte. Er sieht nicht immer beide Seiten. Und das kann dazu führen, dass man ein schlechter Sheriff ist. Es kann auch dazu führen, dass man

Risiken eingeht, denn das Sheriffsein besteht, wie gesagt, im Grunde darin, das Gesetz bei den neun von zehn Leuten durchzusetzen, die sich ohnehin an die Regeln halten. Beim zehnten allerdings könnte es Probleme geben. Und es könnte Probleme geben bei Leuten, die die Regeln nicht kennen, bei Leuten, die von irgendwo anders her sind.

Und Russen sind von irgendwo anders her wie nur irgendwas.

Aber das will Lyle nicht hören. Er glaubt, er wäre ein besserer Sheriff. Oder, anders ausgedrückt: Er glaubt, er wäre ein besserer Sheriff als sein Boss, als ich. Und auch dafür weiß Lyle eine Lösung. Und ob er die weiß!

Ich habe alles vom alten Ripley Wingate gelernt, der hier praktisch hundert Jahre lang Sheriff war. Wingate war ein gemütlicher, altmodischer Sheriff, und bevor er sich mit siebzig zur Ruhe setzte und ich sein Amt übernahm, war ich zehn, elf Jahre lang sein Deputy. Wingate hätte auch danach noch Sheriff sein können. Er hätte sogar nach seinem Tod Sheriff sein können, jedenfalls eine Zeitlang. Niemand wollte gegen ihn antreten, genauso wenig, wie man gegen den Diamond Mountain oder den Mond oder sonst irgendwas, das schon immer da war, hätte antreten wollen.

Das ist ein weiterer Punkt, in dem sich das Amt des Sheriffs von anderen Polizeiberufen unterscheidet. Vielleicht ist es die Hauptsache: Zum Sheriff wird man gewählt. Man wird gewählt oder abgewählt. Meines Wissens ist das bei keinem anderen Polizisten der Fall. Der Sheriff muss sich alle zwei Jahre zur Wahl stellen. Darum darf man nie davon ausgehen, dass man auch nur halb so gut weiß, worauf es ankommt, wie Deputy Keen zu wissen glaubt. Und Lyle ist wohlgemerkt bloß Deputy. Aber er denkt, er weiß alles, was man wissen muss, um Sheriff zu sein – dabei ist er nicht mal Sheriff. Oder vielmehr: noch nicht.

Nicht dass Deputy Keen ein Fremder wäre. Er ist hier im County geboren, in Humber, und hat den Highschool-Abschluss an der Cumberland Union gemacht. Basketballspieler. Dann war er auf der Polizeischule, und danach hatte er einen Job beim County, bei der Polizei von St. Johnsbury. Er wollte zur State Police, aber die wollte ihn nicht. Ich weiß nicht, warum. Lyle ist nicht auf den Kopf gefallen, aber für die State Police reicht das natürlich nicht. Für die braucht man einen IQ wie ein Nobelpreisträger, so ungefähr jedenfalls. Wie Trooper Timberlake zum Beispiel.

Die Polizeiarbeit in St. Johnsbury gefiel Lyle nicht. Er bewarb sich als Deputy bei mir, und ich stellte ihn ein. Das war vor vier, fünf Jahren.

Noch einmal: Lyle ist intelligent und ehrlich. Er hängt sich rein. Die Berufskrankheit der Sheriffs ist Faulheit, könnte man sagen, aber das ist etwas, das Lyle nicht kennt. Man könnte sogar sagen, dass er es mit dem Eifer manchmal ein bisschen übertreibt. Denn wie Ripley Wingate uns (das heißt mir und den anderen Deputys) immer gesagt hat: Ihr dürft nicht faul sein, aber ihr dürft so aussehen. Lyle sieht nie so aus, als wäre er faul. Im Gegenteil: Seine Uniform ist immer gebügelt, das Funkgerät hängt immer an seinem Gürtel. Ebenso wie sein Revolver.

Ich trage keine Uniform; ich brauche keine. Die Leute hier kennen mich. Sie wissen, wer ich bin. Sie wissen, was ich tue. Sie müssen mich nicht in einer schicken Verkleidung herumlaufen sehen. Ich habe keine Uniform, und ich trage keine Waffe. Das hat Wingate auch nie getan. Keine Waffe, hat er immer gesagt. Lass sie in deinem Wagen. Und lass den Wagen zu Hause. Ich hab von Wingate gelernt. Natürlich besitze ich eine Waffe: Wingates alten .45er Armeerevolver, den er aus dem Zweiten Weltkrieg mitgebracht hat. Er liegt in der Strumpfschublade, wo ein Revolver hingehört. Und die teure Remington Pumpgun, die das County für uns angeschafft hat, ist im Kofferraum meines Streifenwagens. Glaube ich jedenfalls. Als ich das letzte Mal nachgesehen habe, war sie noch da. Aber ich benutze den Streifenwagen nur selten. Mein Pick-up ist mir lieber. Außerdem spart das dem County ein bisschen Geld.

Sparen ist wichtig. Der Sheriff ist ein Amtsträger des Countys, aber in unserem Bundesstaat darf das County keine Steuern erheben; das dürfen nur die Gemeinden. Die Gemeinden, die keine eigene Polizei haben – also praktisch alle kleinen Städte und Dörfer –, schließen mit dem Sheriff einen Vertrag, damit der sich um die Polizeiarbeit innerhalb ihrer Gemeindegrenzen kümmert. Die Summe der ausgehandelten Gebühren ist das Geld, das dem Sheriff zur Verfügung steht. Daher sind die Gemeinden der Ansicht, dass das Budget des Sheriffs ihre Sache ist, und das stimmt ja auch. Aber zum Beispiel der Gemeinderat aus Ambrose neulich: Diese Kämmerer wollen, dass man jeden Cent dreimal umdreht. Sie wollen die Büroklammern zählen. Sie untersuchen die Reifen der Streifenwagen, und wenn sie da nur den Hauch eines Profils sehen, wollen sie wissen, warum man Geld für neue beantragt hat. Man wird zum Buchhalter. Es hört nie auf, und man hat den Eindruck, man wäre zwei Drittel der Arbeitszeit nur mit Bürokram beschäftigt.

Wingate hat recht: Um Sheriff zu sein, braucht man keine Waffe. Man braucht keinen Stern und keine Uniform. Man braucht eine Rechenmaschine.

Ich könnte Lyle und den anderen Deputys natürlich sagen, dass sie keine Waffe tragen sollen, wie Wingate es uns vor Jahren gesagt hat. Aber das habe ich nicht getan. In dieser Gegend sind jetzt andere Leute unterwegs als damals. Vor nicht allzu langer Zeit ist in White River ein Deputy bei einer Verkehrskontrolle erschossen worden. Soweit man es rekonstruieren konnte, hatte er einen Wagen wegen irgendeiner Übertretung angehalten, und als er zum Fahrer gegangen war, hatte der ihn durch das Fenster erschossen und war verschwunden. Er wurde nie gefasst. Also sage ich meinen Deputys nicht, dass sie keine Waffe tragen sollen. Manche tun's, andere nicht. Ich sage ihnen, sie sollen darüber nachdenken und tun, was sie für richtig halten. (Im Rahmen vernünftiger Grenzen: keine Atomwaffen.) Wie gesagt: Wingate hat es seinen Deputys nicht freigestellt, aber Clemmie sagt, ich bin mehr Wingate als Wingate selbst.

Clemmie mag Wingate. Er hat nie geheiratet und lebt allein, und sie sagt, er tue ihr leid. Nachdem er sich zur Ruhe gesetzt hatte, haben wir ihn hin und wieder zum Essen eingeladen oder auf einen Ausflug mitgenommen, aber in letzter Zeit eigentlich nicht mehr. Er will das nicht. Er lebt allein in seinem Häuschen in South Cardiff; da sind nur er und seine Bienen. Er züchtet Bienen.

Gesundheitlich geht es ihm nicht so gut. Eigentlich geht es ihm sogar ziemlich schlecht. Immerhin ist er ja auch schon drei- oder vierundachtzig. Ich besuche ihn ab und zu, aber dann kommt Clemmie nicht mit. Wingate will das nicht. Wie es aussieht, will er nicht, dass sie merkt, wie alt und klapprig er ist. Wenn man Wingate ist, zeigt man keine Schwäche, oder vielmehr: Man zeigt sie nicht irgendwelchen Frauen, und schon gar nicht einer Frau, die dem Alter nach seine Tochter sein könnte. Wingate ist ein Mann alter Schule.

DAS SCHÄTZCHEN
DER STUDENTENVERBINDUNG

Ich folgte Deputy Keen auf der langen Zufahrt des Russenhauses bis zur Straße. Dort fuhr er nach rechts und ich nach links. Ich wollte nicht wieder zurück zum Büro, sondern mit Sean Duke reden. Seine Eltern lebten in Afton. Dort würde ich ihn wohl nicht finden, aber vielleicht wussten sie, wo er war.

Ich hatte gehofft, Melrose würde nicht zu Hause sein. Ich hatte gehofft, mit Seans Mutter sprechen zu können, doch als ich vor dem Haus hielt, stand Melrose in der Einfahrt. Er war dabei, den Wagen zu waschen, und spritzte ihn mit dem Gartenschlauch ab. Als er mich sah, drehte er den Hahn zu.

«Hallo, Lucian», sagte Melrose. «Suchen Sie Superboy?»

Melrose Tidd konnte Sean nicht ausstehen. Er war nicht Seans leiblicher Vater – der war damals schon dreizehn, vierzehn Jahre tot. Melrose war Seans Stiefvater.

«Wissen Sie, wo ich ihn finden kann?», fragte ich ihn.

«Wollen Sie ihn endlich verhaften?», fragte Melrose. «Ihn einbuchten?»

«Nichts dergleichen», sagte ich.

«Nein», sagte Melrose, «hatte ich auch nicht angenommen. Sie nicht. Sie wollen ihm eher über den Kopf streichen, stimmt's? Ihn auf den Schoß nehmen.»

«Wissen Sie, wo er ist?»

«Nein, weiß ich nicht», sagte Melrose. «Wenn Sie ihn nicht verhaften wollen, müssen Sie ihn schon selbst finden.»

Ellen – Seans Mutter – trat aus dem Haus. Sie hatte gesehen, dass wir miteinander redeten, und trocknete sich die Hände an einem Geschirrtuch ab.

«Hallo, Sheriff», sagte sie.

«Er sucht Superboy», sagte Melrose.

«Stimmt das?», fragte sie mich.

«Ich würde gern mit ihm reden.»

«Siehst du?», sagte Melrose. «Was hat er diesmal geklaut?»

«Halt den Mund, Mel», sagte Ellen.

Ich wandte mich an sie. «Er arbeitet doch für Tim Russell, oder?»

«Seit fast einem Jahr», sagte Ellen. «Und er macht sich sehr gut.»

«Was in erster Linie heißt, dass er nicht im Knast ist», sagte Melrose.

«Halt den Mund, Mel», sagte Ellen.

«Noch nicht», sagte Melrose.

Ellen sah ihn kopfschüttelnd an.

«Was wollen Sie denn von ihm?», fragte Melrose.

«Mit ihm reden», sagte ich.

«Ist er in Schwierigkeiten?», fragte Ellen.

«Vielleicht», sagte ich. «Ich weiß es noch nicht genau. Deswegen will ich ja mit ihm reden. Wissen Sie, wo er ist?»

«Sie meinen: heute?», fragte Ellen.

«Heute wäre gut.»

«Tja», sagte Ellen, «wenn er nicht in der Arbeit ist, wird er wohl bei Crystal sein. Sie wohnt in Monterey.»

«In einem Trailer», ergänzte Melrose.

«Sean wohnt auch da», sagte Ellen.

«Nachts», sagte Melrose. «Manchmal. Wenn er nichts Besseres vorhat.»

«Er und Crystal sind seit Weihnachten zusammen», sagte Ellen.

«Er hat sie unterm Weihnachtsbaum gefunden», sagte Melrose, «mit einer roten Schleife drum rum.»

«Halt den Mund, Mel», sagte Ellen.

Der Trailer, in dem Sean mit seiner Freundin wohnte, war einer von einem halben Dutzend, die am hinteren Ende des Holzplatzes am Ortseingang von Monterey standen. Er war alt, ein gutes Stück älter als seine Bewohner. Die Metallflächen hatten Rostflecken, die Fenster waren schmutzig, und neben dem Trailer stand ein blaues Baustellenklo.

Ich parkte den Pick-up vor dem Eingang. Es waren keine anderen Wagen zu sehen, auch keine Blumen oder Topfpflanzen, wie sie vor jedem anständigen Trailer herumstehen sollten. Es gab bloß einen kleinen Vorplatz aus nackter Erde, drei Hohlblocksteine, die als Stufen dienten, und einen leichten, aber unverkennbaren Geruch, den vermutlich das Chemieklo verströmte. Man kann von Disneyland, von dem Russenhaus auf seiner Bergspitze mit seiner Sicherheitsschranke, seinem Tennisplatz, seinem Swimmingpool, seiner Driving Range und fünf Morgen Rasen, hierher fahren, in ein und demselben Wagen, an ein und demselben Tag, ach was, in ein und derselben Stunde. Man sollte es nicht für möglich halten, aber es ist so.

Ich klopfte an die Tür. Sofort begann drinnen ein Gebell, das sich anhörte wie ein Nebelhorn. Ich trat von der Tür zurück. Der Hund tobte und warf sich gegen die Tür, dass der Rahmen bebte. Dann schrie eine Frau: «Jackson!» Der Hund verstummte.

Kurz darauf schwang die Tür des Trailers auf, und eine junge Frau erschien. Keine Spur von einem Hund. Stille.

«Was ist?», sagte die Frau.

«Ich bin Sheriff Wing», sagte ich.

«Ich weiß, wer Sie sind. Was wollen Sie?»

Sie sah aus, als wäre sie eben erst aufgewacht. Sie war etwa zwanzig und hatte eine Menge lockige rote Haare. Ihre Füße und Beine waren nackt und die Zehennägel blau lackiert. Am rechten Oberarm hatte sie eine Tätowierung: Eine dunkelrote Schlange wand sich um den Arm und sah gefährlich aus. Das T-Shirt war gerade so lang, dass es nicht anstößig wirkte. Im juristischen Sinn, meine ich.

«Ist Sean da?», fragte ich sie.

«Nein.»

«Wissen Sie, wo er ist?»

«Bei der Arbeit.»

«Und Sie sind Crystal?»

«Das brauche ich Ihnen nicht zu sagen. Ich muss Ihnen nicht sagen, wer ich bin. Ich muss Ihnen gar nichts sagen.»

SHIT HAPPENS stand auf ihrem T-Shirt; ihr Busen beulte die Schrift aus. Sie war eine sehr ansehnliche junge Frau, das musste man sagen. Jetzt lüpfte sie das T-Shirt und fischte eine Zigarette aus der Packung, die sie in den Bund ihrer schwarzen Unterhose gesteckt hatte. Sie zündete die Zigarette an, lehnte sich an den Türrahmen und musterte mich.

«Wie heißen Sie mit Nachnamen?», fragte ich sie.

«Das brauche ich Ihnen auch nicht zu sagen», antwortete sie. «Also: Warum verpissen Sie sich nicht?» Sie blies Rauch aus, bückte sich und kratzte sich am Knöchel. Sie war offenbar das Schätzchen der Studentenverbindung, von Kopf bis Fuß auf Liebe eingestellt.

«Sean hat einen Job in einem großen schicken Haus in Grenada», sagte ich. «Deswegen will ich ihn sprechen. Kommt er nachher?»

In diesem Augenblick begann der Hund aus irgendeinem Grund wieder zu bellen. Seiner Tonlage nach zu urteilen, war es ein ziemlich großer Hund.

Das Schätzchen der Studentenverbindung drehte sich um.

«Jackson! Sei still, verdammte Scheiße!»

Der Hund verstummte.

«Wird Sean nachher hier sein?», fragte ich noch einmal.

«Fragen Sie ihn doch selbst. Ich brauche Ihnen das nicht zu sagen. Ich brauche überhaupt nicht mit Ihnen zu reden. Lassen Sie uns in Ruhe.»

Ich holte meine Visitenkarten hervor und gab ihr eine. Sie nahm die Karte, sah sie aber nicht an.

«Sagen Sie Sean, er soll mich anrufen», sagte ich. «Machen Sie das?»

«Wenn ich ja sage, hauen Sie dann ab?», fragte sie mich.

«Klar.»

«Na gut», sagte sie, «ich sag's ihm.» Sie ging wieder hinein und knallte die Tür zu, und ich stieg in den Wagen und fuhr nach Hause.

Sie war aus Cumberland. Ich kannte sie, aber ihr Nachname fiel mir gerade nicht ein. Sie war Bedienung in einer Hamburgerbude an der Straße nach Brattleboro. Dort, in Brattleboro, war sie auch zur Schule gegangen und nicht auf der Cumberland Union, die sie eigentlich hätte besuchen sollen. Angeblich verstand sie sich nicht mit ihrem Vater oder ihrer Mutter – irgendwas in der Art. Schwer zu glauben.

Finn hieß sie, das Schätzchen der Studentenverbindung. Crystal Finn. Und jetzt ging sie also mit Sean. Wie es aussah, taten sie das alle früher oder später. Sie war einfach an der Reihe. Sean kam herum. Er sah gut aus, fand ich. Er war groß und stark und hatte dieses kecke Grinsen, bei dem Frauen denken: Dieser Typ ist ganz schön selbstbewusst und von sich überzeugt, der muss irgendwas haben. Und da er es offenbar nicht im Kopf hat, ist es vielleicht in seiner Hose. Mal sehen.

Ja, Sean war ein richtiger Hengst. Er war mit der Hälfte der

Frauen im County ins Bett gegangen. Man fragte sich, wie er das schaffte. Nicht wie er es anstellte, sondern wie er es durchhielt. Ich wusste nur, dass ich das nicht könnte. Aber das musste ich ja auch nie. Die erste und einzige Frau, die mich zweimal angesehen hat, hab ich gleich geheiratet.

Seans Vater Dougie Duke war in Mount Pleasant aufgewachsen. Beim Baseball spielte er auf der Shortstop-Position. Gleich nach der Highschool ging er zur Armee, und die schickte ihn an den Persischen Golf, als es da unten zum ersten Mal losging. Zwei junge Männer aus dem County waren dabei: Dougie und einer von den Lawrences aus Cardiff Center. Wo dieser Lawrence heute ist, weiß ich nicht, aber Dougie ist hier. Er wurde von einer Explosion in Stücke gerissen und kehrte in einem Leichensack zurück, begleitet von einer ganzen Busladung Soldaten in Galauniform, die ihn mit militärischen Ehren auf dem Westfriedhof in Lafayette beisetzten.

So ziemlich die ganze Stadt war erschienen. Die Angehörigen saßen auf Klappstühlen aus dem Feuerwehrhaus, und alle anderen standen zwischen den Grabsteinen. Es war ziemlich schlimm. Dougies Vater ging es so schlecht, dass er nicht dabei sein wollte. Seine Mutter, seine Frau Ellen und ihre beiden Töchter heulten und schluchzten. Wie übrigens viele andere Leute.

Aber sein Sohn Sean – er muss damals fünf oder sechs gewesen sein – stand ganz allein ein bisschen abseits. Er war ein kleines, schmächtiges Kerlchen, bevor er so groß und stark wurde. Jemand hatte ihm eine Krawatte und ein blaues Anzugjackett angezogen. Es war zu groß und hing wie ein Zelt an ihm, und die Krawatte reichte ihm fast bis zu den Knien. Seine Mutter wollte, dass er sich zu ihr setzte, aber er ging ein paar Schritte weiter, stand ganz reglos da und sah nicht nach rechts und nicht nach links, sondern starrte auf den Boden und wirkte völlig verwirrt: der einsamste kleine Junge der Welt. Er wusste nicht, was los war. Er stand einfach so reglos wie möglich da, sah nichts und niemanden an und wartete, bis es vorbei war.

Als die Ehrenformation ihre Salutschüsse abgab, die Fahne zusammenfaltete und Ellen übergab, brach auch Clemmie in Tränen aus. Wir standen mitten in der Trauergemeinde, und sie weinte, wandte sich zu mir, nickte zu Sean und flüsterte: «Warum weint er nicht?»

«Er weiß nicht, wie», sagte ich zu ihr. Mit meiner Stimme war irgendwas nicht in Ordnung, und so räusperte ich mich und sagte es noch einmal: «Er weiß nicht, wie.»

Von da an war Sean immer der Junge, der seinen Vater verloren hatte, und das vergaßen die Leute nicht. Sean fand überall Nachsicht, könnte man sagen. Aber warum eigentlich? Es ist eine kleine Stadt, aber wir haben hier dieselben Probleme wie überall: zu viele Kinder, zu wenig Eltern – insbesondere zu wenig Väter. Und wenn Seans Fall anders lag, weil sein Vater nicht abgehauen oder rausgeflogen, sondern in einem Krieg gefallen war, dann stand er damit ja auch nicht gerade allein da, oder? Bei mir war es, nebenbei gesagt, auch nicht anders gewesen: Mein Vater ist 1943 in einer der großen Flugzeugträgerschlachten im Pazifik gefallen. Ich habe ihn nie kennengelernt, ihn nie gesehen. Und er mich ebenso wenig. Wenn man zusammen mit der Halbwaisenrente einen Freibrief für kriminelles Verhalten kriegt, warum bin ich dann kein Einbrecher geworden wie Sean, kein Bankräuber oder Abgeordneter?

Nicht dass Sean bei jedem auf so viel Verständnis gestoßen wäre: Sein Stiefvater Melrose hasste ihn aus tiefstem Herzen, und Deputy Keen konnte ihn nicht ausstehen. Deputy Keen mochte Sean ungefähr so sehr wie Feuerameisen. Seit einigen Jahren versuchte Keen, ihn festzunageln, aber es hatte nie geklappt. Dafür gab er mir die Schuld. Da war zum Beispiel die Sache mit Mr. Van Horn.

Stanton Van Horn hatte ein Sommerhaus in Gilead. Er war ein reicher Mann, einer von der Sorte, die Sportwagen sammeln. Eines Nachts vor ein paar Jahren schließt jemand einen von Mr. Van Horns hübschen kleinen Porsches kurz, macht einen Ausflug, setzt den Wagen an der Straße nach Cardiff an einen Baum und lässt ihn stehen, den Boden im Innenraum voll leerer Bierdosen. Am nächsten Tag kommt Sean mit einem schweren Kater und einer Beule am Kopf zur Arbeit und sagt, er hat auf einer Party in Brattleboro ein bisschen viel erwischt und ist gegen eine Tür gelaufen. Es gab damals viele, die das stark bezweifelten. Lyle Keen zum Beispiel. Ich übrigens ebenfalls, aber ich sah keinen Grund, die Kavallerie zu rufen. Sollte ich wegen einer kleinen Spritztour etwa die Spurensicherung anfordern? Van Horn hatte den Diebstahl erst bemerkt, als Beverly ihn angerufen hatte.

Natürlich mussten wir einen Bericht schreiben. Das erledigte Keen, mit Kopie an Van Horns Versicherung. Ich legte das Original ab und hatte ein Gespräch unter vier Augen mit Van Horn. Er war zufrieden mit dem Verfahren und schaffte sich den nächsten Porsche an. Und ich sagte Deputy Keen, er solle die Sache vergessen.

Das hat ihm nicht gefallen. Ganz und gar nicht. Er hat es nicht vergessen und sorgt dafür, dass ich es ebenfalls nicht vergesse. Er denkt, ich gebe Sean einen Freifahrschein, und er ist nicht der Einzige, der das denkt. Tja, vielleicht haben diese Leute recht. Könnte sein. Aber für mich sieht es so aus: Wenn Wingate mal unter der Erde ist, gibt's hier nur noch Deputy Keen und Trooper Timberlake und ihresgleichen. Nur noch Pfadfinder. Und von den Alten wird keiner mehr übrig sein außer mir und – auch wenn das seltsam klingt – Sean.

ES IST, WAS ES IST

Wie sind die Leute dort gelandet, wo sie jetzt sind? Ich meine das nicht in irgendeinem übertragenen Sinn – ich spreche von dem Ort, wo sie sich befinden. Lage, Lage, Lage – das ist das Allerwichtigste, heißt es immer, und das stimmt. Welchen Weg hat einer genommen, was macht die Geographie seines Lebens aus? Wie es scheint, gibt es nur zwei Möglichkeiten: gerade oder gewunden. Wenn man die Wege verfolgen könnte, die manche Menschen in ihrem Leben zurückgelegt haben, würde man feststellen, dass sie herumgelaufen sind wie Rehe im Schnee. Sie sehen in der Zeitung eine Anzeige und sind ruck-zuck in Kalifornien. Sie lernen in einer Bar jemanden kennen und ziehen nach Texas. Sie sitzen in einer Pokerrunde, und eine Woche später finden sie sich in New York wieder. Wenn man sie fragen würde, wie es kommt, dass sie hier und nicht irgendwo anders gelandet sind, bräuchten sie einen … wie heißen diese großen Bücher mit den vielen Landkarten? Einen Atlas. Bei solchen Leuten hat der Weg, den sie genommen haben, anscheinend viel mit Glück zu tun. Mit Glück oder Zufall.

Ich gehöre nicht zu diesen Leuten. Auf mich trifft die andere Variante zu: Mein Leben verläuft in einer geraden Linie. Ich bin mitten in diesem Städtchen zur Welt gekommen und dann einfach geblieben. Hier bin ich geboren, hier lebe ich und hier werde ich sterben. Das Haus in Fayetteville, in dem Clemmie und ich wohnen, ist nur vier Häuser von meinem Elternhaus entfernt. Vier Häuser weiter und auf der anderen

Straßenseite – viel gerader kann eine Linie nicht sein, finde ich.

Aber auch bei mir spielte zum Teil der Zufall eine Rolle. Ich hätte den Weg, den ich gegangen bin, nicht gehen müssen. Ich war nicht eingesperrt. Jeden Tag gab es eine Abzweigung, die ich hätte nehmen können – es gab Tausende davon. Aber ich hab sie nicht genommen. Andere haben es getan, aber ich nicht. Tut mir das leid? Ein bisschen vielleicht, manchmal. Aber nicht sehr. Wie es aussieht, ist das hier mein Leben. Jeder hat seins. Es ist, was es ist.

Mitten im Städtchen? Nicht ganz, aber fast. Hinter unserem Garten verliefen die Gleise der alten Schmalspurbahn. Ich hätte zur Küchentür hinausgehen und einen Zug anhalten können – nur dass der Zugverkehr schon lange vor meiner Geburt eingestellt worden war. Es gab keine Züge und keine Schienen mehr. Der Bahndamm war nur noch eine Art langsam zuwachsender Weg durch den Wald. Aber im Dorf gab es noch das alte Depot. Dort war zwar Arthur Tavistocks Sammlung toter Traktoren zu besichtigen, aber früher war es das Eisenbahndepot gewesen. Und das war also gewissermaßen der Bahnhof, wo ich geboren wurde.

Meine Highschool war die alte Academy in Cardiff. Die Schule machte mir Spaß, ich ging allem Ärger aus dem Weg und war ein recht guter Baseballspieler. Kein besonders guter Schüler, obwohl ich den Vorbereitungskurs für das College machte. Und da kam der Zufall ins Spiel, denn eigentlich wollte ich auf dem College Kurse für Automechaniker belegen, doch davon wollte meine Mutter nichts wissen. Sie sagte: Eine Schule ist eine Schule, aber eine Werkstatt ist bloß eine Werkstatt. Also kein College. Sonst würde ich heute in China Autos reparieren, anstatt hier, in unserem Tal, der höchst ungebildete Gesetzeshüter zu sein.

Ich machte den Schulabschluss und ging, wie mein Vater, zur Navy (was ich, im Gegensatz zu ihm, überlebte). Ich war einer der vielen Seefahrer, die der einzige küstenlose Neuenglandstaat hervorgebracht hat. Bei uns sieht man die ganze Welt, sagen die von der Navy, und irgendwie stimmt das sogar. Man sieht sein Schiff, man sieht kilometerweit und wochenlang nichts als grauen Stahl, man sieht eine ganze Welt voller Dinge, die man nie mehr sehen will.

Ich bin auch nicht besonders weit herumgekommen und habe, wie schon viele Matrosen vor mir, festgestellt, dass ich mir nichts aus Schiffen mache. Ich hab meine Dienstzeit hauptsächlich bei der Küstenstreife abgerissen, das ist die Militärpolizei der Navy. Ich war also meist an Land, erst in Long Beach, dann in Da Nang. Bei der Küstenstreife habe ich gemerkt, dass ich ein Talent dafür habe, mit Leuten zu sprechen, die sehr, sehr betrunken sind. Und dass man, sollte das nichts nützen, mit einem Betrunkenen praktisch alles machen kann, wenn man ihn fest an der Nase packt und sie dreht. Das richtet keinen bleibenden Schaden an, macht ihn aber gefügig, und außerdem fließt eine Menge Blut, und das verändert nicht nur die innere Haltung des Betroffenen und macht ihn nachdenklich, sondern beeindruckt auch seine Freunde, die sonst vielleicht Lust hätten, sich an der kleinen Balgerei zu beteiligen. Meine Dienstzeit bei der Navy habe ich hauptsächlich damit verbracht, Betrunkene einzusacken und Schlägereien zu beenden.

Im Frühjahr '79 kehrte ich nach Hause zurück. Es war, als wäre ich nie fort gewesen, nur dass ich jetzt nicht mehr zur Schule ging. Was sollte ich tun? Mein Onkel Stuart war Holzfäller und hatte immer Verwendung für einen, den er, weil er zur Familie gehörte, nicht besonders gut zu bezahlen brauchte. Ich bekam einen Job in seiner Kolonne und arbeitete ein Jahr lang im Wald. Aber Waldarbeit ist gefährlicher als alles, was ich in Vietnam getan hatte oder irgendjemanden hatte tun sehen. Ein Jahr reichte mir vollkommen.

Ich überlegte, ob ich studieren sollte – aber was? In nichts von dem, was mich interessierte, würde eine schulische Ausbildung mich besser machen. Ich fuhr einen Lastwagen für einen Doughnut-Großhändler, aber das ist kein richtiger Job. Ich kündigte. War ich rastlos? Könnte man sagen.

Dann erzählte mir jemand, denen von der State Police würde es gefallen, dass ich bei der Küstenstreife gewesen war. Ich bewarb mich, und er hatte recht: Es gefiel ihnen. Sie nahmen mich.

Und so war ich eineinhalb Jahre lang bei der State Police. Die Arbeit gefiel mir, aber ich kann nicht behaupten, dass mir die State Police gefiel. Das war nicht ihre Schuld; sie ist im Grunde militärisch organisiert, und das muss sie auch sein. Aber ich hatte nach meiner Zeit bei der Navy genug von militärischen Organisationen. Außerdem hatte ich inzwischen Clemmie kennengelernt, und die weigerte sich, einen Mann zu heiraten, der sich womöglich mit einem dieser flachen Cowboyhüte, die Trooper tragen müssen, in der Öffentlichkeit zeigte.

Ja, ich habe hinaufgeheiratet. Das sagen alle. Clemmie sagt es. Ihre alten Freundinnen sagen es. Ihre Cousinen sagen es. Ihr Vater sagt es nicht. Das braucht er auch nicht.

Nicht dass meine Familie jemals arm gewesen wäre. Wir waren nie arm, nicht annähernd. Meine Schwestern und ich konnten alles haben, was wir wollten. Das war die Abmachung mit unserer Mutter: Sie sagte, wir könnten alles haben, was wir wollten, und wir sagten, dass wir gar nicht so viel wollten.

Dieselbe Regel galt auch in allen anderen Familien. Na ja, in Clemmies Familie vielleicht nicht. Ihrem Vater ging es gut. Mehr als gut. Es geht ihm noch immer mehr als gut. Addison ist Anwalt. Er ist nicht direkt aus der Gegend, aber auch nicht von weit her. Aufgewachsen ist er in Brattleboro; sein Vater war dort Arzt. Sein Großvater war mal Gouverneur des Staates Vermont – oder vielleicht war es auch sein Urgroßvater. Addison hat in Philadelphia studiert und ist dann zurückgekommen, um eine Kanzlei zu eröffnen, allerdings nicht in Brattleboro, sondern weiter oben im Tal, in Fayetteville. Seine Kanzlei ist gleich hinter dem Gerichtsgebäude.

In mancher Hinsicht ist Addison ein komischer Kauz. Er ist kein Hinterwäldler, er war in Harvard und ist in der Welt herumgereist. Er hat in England gelebt, in Frankreich und Italien und so weiter. Trotzdem will er einen glauben machen, dass er bloß ein einfacher Kleinstadtadvokat ist, der im Gemischtwarenladen mit den Farmern Dame spielt und gegen den Ofen spuckt. Und irgendwie ist er das auch – aber irgendwie auch wieder nicht.

Zum Beispiel: Als Oscar Breedlove zu einer saftigen Strafe verurteilt wurde, weil die unterirdischen Tanks seiner Tankstelle in Dead River seit Jahren leckten, und Oscar beschloss, Exxon zu verklagen, die Firma also, deren Benzin er verkaufte und deren Arbeiter die Tanks eingebaut hatten – wer vertrat da Exxon? Ich glaube, Addison übernimmt eine Menge solcher Fälle für Mandanten aus anderen Staaten. Kann sein, dass man als Anwalt von Leuten aus dem County nicht reich wird, aber wenn man Exxon vertritt, sieht es schon ganz anders aus.

Clemmie ist ein Einzelkind. Das kann, wie Clemmie bestätigen wird, eine ziemliche Bürde sein, und wie es aussieht, ist die in ihrem Fall doppelt schwer, denn Clemmies Mutter lebt nicht hier. Sie hat sich von Addison getrennt, als Clemmie noch klein war. In jenen Zeiten und in einer Gegend wie dieser galt eine Frau nach einer Scheidung als gefallene Frau. Wenn sie hier hätte bleiben wollen, hätte Clemmies Mutter es schwer gehabt. Doch sie hatte andere Pläne. Sie stammte aus New York, und so zog sie wieder dorthin. Sie heiratete ein zweites Mal und kriegte noch ein paar Kinder. Clemmie bekam sie nicht oft zu sehen.

Addison dagegen heiratete nicht mehr. Er und Clemmie lebten in ihrem Haus an der Devon Road, aber Clemmie verbrachte viel Zeit in Brattleboro. Dort wohnten Addisons Schwester und Schwager, die sich um sie kümmerten.

Addison war also jahrelang Junggeselle. Von Zeit zu Zeit hatte er Freundinnen, und das muss für Clemmie als kleines Mädchen schwierig und ein bisschen verwirrend gewesen sein, besonders da einige dieser Freundinnen mit anderen Männern verheiratet waren. Aber niemand macht wegen so etwas ein großes Theater. Die Leute tun, was sie nicht lassen können. Addison ist das, was man eine Stütze der Gesellschaft nennt – allerdings eine Stütze, deren Außenseite ein bisschen schöner zurechtgemacht ist als die Innenseite. Er trinkt auch gern ein Schlückchen. Und er wird älter. Wie Clemmie sagt: Er kriegt eine gewisse Schwere.

Aber eins muss man ihm lassen: Er ist ehrlich. Er lügt nicht, und er versucht nicht, sich rauszureden. Als ich ihn damals angehalten habe, wollte er aussteigen und wäre um ein Haar aus dem Wagen gefallen.

«Haben Sie etwas getrunken, Sir?», fragte ich ihn.

«Beleidigen Sie nicht unsere Inselligenzen, Trooper», sagte Addison. «Habe ich tatsächlich ‹Inselligenzen› gesagt? Ich glaube schon. Ich muss wirklich betrunken sein. *Intelligenzen*. Beleidigen Sie nicht unsere *Intelligenzen*, Trooper. Tun Sie Ihre Pflicht.» Und damit reichte er mir den Wagenschlüssel. Das war Addison.

Addison hielt nicht viel davon, dass seine einzige Tochter einen Polizisten heiraten wollte. Und er hielt noch weniger davon, als Clemmie und ich uns verlobten und ich den Dienst in der State Police quittierte und der Deputy eines Sheriffs wurde.

Wenn man schon einen Polizisten zum Schwiegersohn hat, dann sollte er wenigstens irgendwas Hochklassiges sein, nicht irgendein Dorfbulle. Armer Addison.

Nein, der Wechsel von der State Police zum Sheriff erschien unvernünftig. Als ich meinem Kommandeur von meinem Entschluss erzählte, sagte er: «Verdammt, Wing, Sie spielen hier in der ersten Liga. Wollen Sie wirklich wieder in die Kreisklasse?» Aber er war ein guter Mann. «Na ja», sagte er, «Sie hätten's schlechter treffen können. Der Sheriff da oben ist Ripley Wingate. Sie hätten's sehr viel schlechter treffen können. Grüßen Sie ihn von mir. Sagen Sie ihm, er kriegt meinen besten Mann, verdammt. Das stimmt zwar nicht, aber sagen Sie's ihm trotzdem.»

Ein guter Kommandeur. Aber was war mit Wingate? Wie war er ins Spiel gekommen? Ich wusste zwar, dass ich nicht für die State Police gemacht war, aber nicht, dass ich auf das Sheriffbüro zusteuerte. Ich wusste es nicht, aber Wingate wusste es.

Bei der Polizei gibt es keine Fremden: Jeder kennt jeden oder jedenfalls fast jeden. Und Wingate war, so kam es mir vor, schon mein ganzes Leben lang Sheriff. Also kannte ich ihn natürlich, jedenfalls vom Sehen. Wir hatten aber nie mehr als zehn Worte gewechselt. Eines Tages, ich war etwa seit eineinhalb Jahren bei der State Police, fuhr ich Streife und war auf der Ulster Road in North Cameron unterwegs. Es war ein Frühlingstag. Ich hatte die Fenster geöffnet. Ich fuhr um eine Kurve, und da stand Wingates Sheriffwagen auf dem Seitenstreifen, und daneben stand Wingate und sah mir entgegen.

Ich dachte, er habe vielleicht eine Panne, und hielt an.

«Guten Morgen, Sheriff», sagte ich.

«Trooper Wing», sagte Wingate.

«Alles in Ordnung?»

«An einem so schönen Tag wie heute? Na klar.»

«Was machen Sie hier oben?», fragte ich ihn.

«Ich hab auf Sie gewartet», sagte Wingate. «Steigen Sie aus, leisten Sie mir ein bisschen Gesellschaft, genießen Sie die gute Luft.»

Ich stieg aus. Wingate und ich lehnten uns an seinen Wagen und sahen über die Straße und die große Wiese dahinter, die sich bis zur Spitze eines Hügels erstreckte. Auf dem Hügel standen ein altes Farmhaus und eine Scheune, und dahinter trieben weiße Wolken über den blauen Himmel.

«Sie sind Lucian, stimmt's?», sagte Wingate.

«Das stimmt, Sheriff», sagte ich.

«Und wie werden Sie genannt?»

«Lucian.»

Wingate nickte. «Natürlich. Die Sache ist nämlich die, Lucian: Wie lange sind Sie jetzt bei der State Police? Ein paar Jahre?»

«Noch nicht so lange. Eineinhalb.»

«Eineinhalb Jahre. Und trotzdem sind Sie mir aufgefallen.»

«Wieso das, Sheriff?»

«Wie soll ich es sagen?», sagte Wingate. «Mal sehen: Sie waren beim Militär, nicht?»

«Drei Jahre in der Navy.»

«In der Navy», sagte Wingate. «Ich war in der Army, aber da ist es dasselbe: Wenn die Offiziere sich in die Galauniform schmeißen, tragen sie Säbel, nicht? Bei feierlichen Anlässen? Die Offiziere der Navy?»

«Ich glaube schon. Manche. Manchmal.»

«Haben Sie das mal gesehen?», fragte Wingate. «Offiziere mit Säbeln?»

«Ich glaube schon.»

«Dann haben sie auch gesehen, wie ein Mann geht und wie er sich hält, wenn er einen Säbel trägt», fuhr Wingate fort. «Irgendwie steif und zackig, und er hinkt ein bisschen, damit er nicht über den Säbel stolpert.»

«M-hm.»

«Tja, und mir ist aufgefallen, dass junge Männer wie Sie, die in die State Police eintreten, nach einer Weile allesamt gehen, als würden sie einen Säbel tragen. Ist Ihnen das auch aufgefallen?»

«Kann ich nicht behaupten, Sheriff.»

«Aber mir», sagte Wingate. «Und ich wette, das tun sie auch. Ich wette, bei der State Police werden Säbel ausgegeben. Oder nicht? Für den internen Gebrauch? Die Jungs da tragen ganz sicher Säbel. Vielleicht nur bei Nacht, wenn es keiner sieht.»

«Nicht dass ich wüsste, Sheriff», sagte ich. «Ich trage jedenfalls keinen.»

«Sie nicht», sagte Wingate. «Und das ist genau der Punkt. Das ist mir aufgefallen. Sie sind anders. Sie sind jetzt seit fast zwei Jahren dabei und haben noch nicht damit angefangen, Sie haben diesen Gang noch nicht entwickelt. Diesen Säbelgang. Und darum frage ich mich: Sind Sie in Ihrer Arbeit glücklich, Trooper Wing?»

«Ich weiß nicht.»

«Oh, doch, das wissen Sie», sagte Wingate. «Wenn das Ihre Antwort ist, dann wissen Sie's. Sie wissen, dass Sie nicht glücklich sind. Die Sache ist die: Ich stelle in diesem Frühjahr einen neuen Deputy ein. Deputy Rackstraw hat gekündigt. Er hat einen Job als Sicherheitsmann beim Kraftwerk. Also brauche ich einen neuen Deputy. Und ich frage mich, ob Sie das vielleicht interessieren könnte.»

«Ich schätze, da würde ich weniger verdienen», sagte ich.

«Da schätzen Sie richtig», sagte Wingate. «Sie würden weniger verdienen. Ziemlich viel weniger. Wie Sie wissen, kriege ich mein Geld nicht vom Gouverneur.»

«Tja», sagte ich, «aber ich will im Sommer heiraten.»

«Das macht nichts», sagte Wingate. «Wenn man jung verheiratet ist, muss man arm sein, stimmt's?»

«Ich weiß nicht.»

«Wen wollen Sie denn heiraten?», fragte Wingate.

«Clemmie Jessup.»

«Addisons Tochter?»

«Genau.»

«Warum machen Sie sich dann Gedanken über Geld?», sagte Wingate. «Sie werden schon zurechtkommen. Lassen Sie sich von Addison ausstatten.»

«Keine Chance, Sheriff.»

«Keine Chance, weil er es nicht tut, oder keine Chance, weil Sie es nicht annehmen?»

«Beides, wie es aussieht.»

«Na, trotzdem, denken Sie mal drüber nach», sagte Wingate. «Sie müssen sich ja nicht sofort entscheiden.»

«Das mache ich. Ich denke drüber nach.»

«Genau», sagte Wingate. «Denken Sie drüber nach. Lassen Sie sich's gut durch den Kopf gehen. Das Sheriffbüro ist was anderes als die Kaserne. Wie soll ich es vergleichen? Bei dem einen angelt man mit der Angelrute, bei dem anderen zieht man sich aus, springt in den Teich, schwimmt den ganzen Tag mit den Fischen herum und fängt ab und zu vielleicht mal einen mit der Hand.»

«Und was davon ist was?»

«Beim Sheriff schwimmen Sie mit den Fischen herum», sagte Wingate.

«Ich sag Ihnen Bescheid», sagte ich.

«Es ist wie der Unterschied zwischen dem Mann, der in einem großen Haus die Türen und Fenster einbaut, und dem Mann, der ganz allein ein kleines Haus baut», sagte Wingate.

«Ich werde drüber nachdenken», sagte ich.

«Der Sheriff ist der Mann, der das kleine Haus baut», sagte Wingate.

«Hab ich mir gedacht», sagte ich.

«Und es gibt weit und breit keinen Säbel», sagte Wingate.

Ich musste an jenem Morgen Streife fahren, also verließ ich Wingate und versprach, über sein Angebot nachzudenken. Das tat ich ungefähr zwei Minuten lang. Nein, stimmt nicht. So lange hat es gar nicht gedauert. Ich dachte überhaupt nicht darüber nach – das war nicht nötig.

Am nächsten Tag gab ich meinen flachen Hut ab.

DUNKLE LADY

Mittwoch hatten wir sozusagen frei. Nichts von einem Russen zu sehen oder zu hören. Kein Russe weit und breit. Ich war schon fast entschlossen, tätig zu werden und einen aufzustöbern, aber dann, am hellen, schönen Donnerstagmorgen, kamen die Russen zu mir.

Das Sheriffbüro ist in Fayetteville, gegenüber vom Gerichtsgebäude. Wingate hatte seinerzeit eine Besenkammer im Untergeschoss des Gerichts; später sind wir dann aber umgezogen, wenn auch nicht gerade weit. Wenn ich wollte, könnte ich zu Fuß hingehen, aber was würde ich dann tun, wenn ich die Pferde satteln und ein paar Übeltätern nachjagen müsste? Darum fahre ich meist mit dem Pick-up, und zwar so früh, dass der Nachtfunker noch da ist und ich mir von einem menschlichen Wesen berichten lassen kann, was in der Nacht los war, anstatt ein Protokoll zu lesen oder mir eine Nachricht anzuhören. Das funktioniert gut, wenn der Nachtfunker halbwegs so auf Draht ist wie Beverly tagsüber, aber für die Nachtschicht ist so jemand schwer zu finden. Ich hab mich immer gefragt, warum eigentlich. Bei uns ist es nachts ruhig – ideal für einen, der lesen, Kreuzworträtsel lösen oder stricken will. Der Funker braucht kein Deputy zu sein. Und man sollte eigentlich meinen, dass es viele Leute gibt, die einen solchen Job gern hätten. Aber nein, bei der Nachtschicht ist der Durchsatz ziemlich groß.

Der Neue war Errol Toobin. Errol war in mittleren Jahren und redete nicht viel. Er war von der eher langsamen Sorte und hatte jahrelang im Werkzeugladen gearbeitet, bis sein Rücken ihn zwang aufzuhören, weil er nicht mehr den ganzen Tag stehen konnte. Er war im Vorruhestand und suchte einen Job, bei dem er sitzen durfte. Also hatte ich unseren damaligen Nachtfunker wegen Alkohol am Mikrophon entlassen (Nachtfunker ist auch ein guter Job für Säufer) und Errol eingestellt. Wie man das Funkgerät ein- und ausschaltete, hatte er kapiert – am Rest arbeiteten wir noch.

Offenkundig hatte die Nacht von Mittwoch auf Donnerstag ihn nicht an seine Grenzen gebracht. Auf der Route 10 hatte sich jemand überschlagen, und in Mount Pleasant hatte es eine Beschwerde wegen Ruhestörung gegeben. Das war alles. Errol packte sein Zeug ein, und ich steuerte auf mein Büro zu.

«Ach so», sagte Errol, «hab ich ganz vergessen: Da ist jemand in Ihrem Büro.»

«In meinem Büro?»

«Sie wartet schon ein paar Stunden.»

«Sie?»

«Hat nicht gesagt, wie sie heißt. Sie will mit Ihnen sprechen. Ich hab ihr gesagt, sie soll da drinnen warten.»

«Das nächste Mal, wenn Leute kommen und Sie allein sind», sagte ich, «lassen Sie sie hier vorn warten, wo Sie sie im Auge behalten können.»

«Warum?», fragte Errol.

«Damit diese Leute nicht im ganzen Büro herumspazieren», sagte ich.

«Alles klar», sagte Errol.

«Sagen Sie ihnen, sie sollen sich hier setzen», sagte ich. «Bieten Sie ihnen einen Kaffee an oder so.»

«Alles klar.»

«Eine Sicherheitsmaßnahme, könnte man sagen.»

«Alles klar», sagte Errol. Keine Frage: Er machte sich.

Ich öffnete die Tür zu meinem Büro. Eine Frau erhob sich

von dem Stuhl vor meinem Schreibtisch und drehte sich zu mir um.

«Sheriff Wing?», sagte sie.

Sie war mir unbekannt, ich hatte sie noch nie zuvor gesehen. Groß, so groß wie ich, und schlank, Mitte dreißig, langes dunkelbraunes Haar. Sie sah nicht so aus, als würde sie viel Zeit in Polizeiwachen verbringen, aber auch nicht so, als würde sie damit nicht zurechtkommen. Sie sah aus, als gebe es nicht viele Orte, an denen sie nicht zurechtkommen würde.

«Ich bin Wing», sagte ich und ging zu meinem Sessel. Wir setzten uns.

Die Frau beugte sich hinunter, hob eine Einkaufstüte aus Papier auf und stellte sie auf den Schreibtisch. «Von Sean», sagte sie.

«Sean?»

«Sean Duke», sagte die Frau. «Er hat gesagt, Sie kennen ihn.»

«Stimmt», sagte ich. «Aber Sie kenne ich nicht.»

«Morgan Endor», sagte die Frau.

«Morgan?»

«Morgan Endor.»

«Morgan ist Ihr Vorname?»

«So ist es, Sheriff. Eine Tradition in unserer Familie. Sean hat mich gebeten, Ihnen das hier zu übergeben.»

Sie leerte die Tüte nicht einfach auf den Schreibtisch, sondern stand auf, griff hinein und legte einen Gegenstand nach dem anderen ordentlich vor mich hin. Ich sah ihr zu.

Ein Sportjackett, eine Jeans, ein weißes Hemd, ein Unterhemd, eine Unterhose, zwei Socken, eine Armbanduhr, eine Brieftasche. Ich klappte sie auf. Sie enthielt die Karte eines Super-8-Motels in Montreal und einen kalifornischen Führerschein auf den Namen Oswaldo de Gomez, Los Angeles. Kein Geld. Ich legte die Brieftasche beiseite.

Ich sah auf zu Morgan Endor. Morgan. Was für ein seltsamer Name für eine Frau. Sie hatte aufgehört, Sachen auf den Tisch zu legen, und sah mich an.

«Woher hat Sean das Zeug?», fragte ich.

«Moment», sagte sie.

Sie griff in die Tüte, hob mit zwei Fingern langsam und vorsichtig eine kleine Pistole heraus und legte sie auf die Kleider. Es war ein halbautomatisches ausländisches Fabrikat, eins von diesen raffinierten kleinen Dingern, die aussehen, als müsste man sie ab und zu in die Oper ausführen.

«Ist sie geladen?», fragte sie mich.

Ich nahm die Pistole, ließ das Magazin aus dem Griff gleiten und zog den Schlitten zurück. Die Patrone, die in der Kammer gewesen war, flog heraus, landete auf dem Schreibtisch und rollte auf die Frau zu. Sie streckte den Finger aus und stoppte sie. Ich legte die Pistole wieder auf die Kleider.

«Jetzt nicht mehr», sagte ich.

Morgan Endor schob mir die Patrone zu. Ich tat sie in die Schreibtischschublade.

«Ist das alles?», fragte ich.

Sie griff ein letztes Mal in die Tüte, förderte einen zusammengefalteten Zettel zutage und reichte ihn mir. Dann setzte sie sich wieder auf den Stuhl.

«Das ist für Sie von Sean», sagte sie.

Ich faltete den Zettel nicht auseinander und rührte auch die Kleider nicht an, sondern klappte noch einmal die Brieftasche auf, nahm den Führerschein heraus und sah mir das Foto genau an.

«Wie ist Sean an dieses Zeug gekommen?», fragte ich.

«Er hat es dem abgenommen, der es vorher hatte. Lesen Sie den Brief.»

Ich entfaltete den Zettel und las:

Sherif Lucan,

*ich hab den Scheißitaker vermöbelt und da gelassen, wo sogar
sie ihn finden können. Hab ihm auch die Sachen und die
Brieftasche abgeknöpft. Da sind sie. Und seine Kanone, die ist
für ihre Sammlung. Ha. Schicken sie keine Scheißitaker mehr.
Viele Grüße,
S. Duke*

*P. S. In der Brieftasche waren 500 Dollar. Können sie auf meine
Rechnung setzen.
Ha.*

Ich legte den Zettel auf den Schreibtisch und lehnte mich zurück. «Sind Sie eine Freundin von Sean?», sagte ich.

«Eine Bekannte.»

«Wie?»

«Wie was, Sheriff?»

«Wie haben Sie seine Bekanntschaft gemacht?»

«Er arbeitet an meinem Haus.»

«Wo ist das?»

«In Mount Zion. Es ist eigentlich das Haus meiner Eltern. Ich verbringe dort den Frühling und Sommer.»

«Was macht Sean da?»

«Er hat das Dach repariert», sagte Morgan Endor. «Es hat durchgeregnet. Ich habe es meinem Vater gesagt, und der hat eine Firma angerufen. Und die hat Sean geschickt.»

«Sind Ihre Eltern auch dort?»

«Nein, sie leben in der Provence.»

«In der Provence?»

«Das ist ein Teil von Frankreich, Sheriff.»

«Tatsächlich?»

«Ja. Ich bin nur vorübergehend hier, um zu arbeiten.»

«Und Sie haben Sean kennengelernt, als er Ihr Dach repariert hat?»

«Ja. Ich hab ihm zugesehen. Wir haben uns unterhalten. Ich habe gesehen, dass ich ihn gebrauchen könnte.»

«Gebrauchen?»

«Für meine Arbeit.»

«Was für eine Arbeit ist das?»

«Fotografie.»

«Sie sind Fotografin?»

«Ja.»

«Und Sean hat Ihnen beim Fotografieren geholfen?»

«Eigentlich nicht. Ich wollte ihn fotografieren.»

«Sean fotografieren?»

«Genau.»

«Warum?»

«Sean ist schön.»

Das brachte mich ein bisschen durcheinander, muss ich gestehen. Sonst wären die folgenden Fragen wahrscheinlich intelligenter gewesen.

«Was fotografieren Sie, Ms. Endor?»

«Männer.»

«Männer?», sagte ich. «Sie meinen, Männer wie mich?»

«Nicht wie Sie. Junge Männer.»

«Junge Männer. Was für Fotos machen Sie eigentlich?»

Sie hob das Kinn und sah mich unverwandt an.

«Wie ungewöhnlich», sagte sie. «Sie denken, ich bin Pornofotografin, stimmt's, Sheriff?»

«Keine Ahnung», sagte ich. «Ich kenne keine Pornofotografen.»

«Aber ich», sagte Morgan Endor. «Und ich bin keine. Ich bin Künstlerin. Übrigens bereite ich für den Herbst eine Ausstellung vor. Darum bin ich hier.»

«Eine Fotoausstellung?»

«Ja. So was gibt es hier und da, ob Sie's glauben oder nicht.»

«Wo wird diese Ausstellung denn stattfinden?»

«In Paris.»

«Ich wette, Sie meinen Paris in Frankreich.»

«Genau, Sheriff.»

«Ist das in der Nähe der Provence?»

«Nicht direkt in der Nähe, aber auch nicht weit davon entfernt.»

«Und was für eine Ausstellung ist das dann?»

«Es geht um Stil», sagte sie. «Um Persönlichkeit, könnte man sagen. Um persönlichen Stil.»

«Wollen Sie damit sagen, Sean hat Stil?»

«Nein. Sean ist ohne Stil. Das macht seine Kraft aus. Und die liegt innen.»

«Innen?»

«Er hat ein reiches Innenleben. Sean besitzt eine große Verletzlichkeit, ein enormes Zartgefühl.»

«Wie man an seinem Brief sieht», sagte ich.

Morgan Endor sagte nichts, sondern fixierte die Stelle zwischen meinen Augen.

«Okay, Miss Endor», sagte ich schließlich. «Vielleicht haben Sie recht, was Sean betrifft. Aber ich interessiere mich nicht für sein Innenleben. Ich glaube, er ist in Schwierigkeiten, und darum muss ich mit ihm sprechen. Wo ist er?»

«Er ist gegen Mitternacht bei mir aufgekreuzt», sagte sie, «und hatte diese Sachen dabei. Soviel ich weiß, hatte er mit dem Mann, dem sie gehören, eine Auseinandersetzung. Er hat mich gebeten, sie Ihnen zusammen mit dem Brief zu geben. Was ich hiermit getan habe.»

«Ist er noch bei Ihnen?», fragte ich sie.

«Nein. Er ist weggefahren.»

«Wohin?»

«Hat er nicht gesagt.»

«Er hatte eine Auseinandersetzung mit einem Mann, haben Sie gesagt. War er verletzt?»

«Ich habe keine Verletzungen gesehen. Er war aufgekratzt. Der andere ist anscheinend auf ihn losgegangen, und Sean hat ihn in Notwehr verprügelt und ihm die Sachen abgenommen. Sean hat eine enorme physische Präsenz.»

«M-hm.»

«Das hat mich an ihm ja auch so fasziniert», sagte Morgan Endor.

«Natürlich», sagte ich.

Keine Antwort, aber sie spannte den Hahn an dem Blick, mit dem sie mich fixierte.

«Hat Sean über den Mann, mit dem er sich geprügelt hat, irgendwas gesagt?», fragte ich. «Über den, dem das Zeug hier gehört?»

«Dass der andere ihn verfolgt hat», sagte sie. «Sonst nichts. Sean hat gesagt, dass der Mann ihm gefolgt ist.»

«Hat er gesagt, warum?»

«Nein.»

Ich reichte ihr den Führerschein. «Kennen Sie den?», fragte ich sie.

«Nein.»

«Nie gesehen?»

«Nein.» Sie betrachtete das Foto genauer. «Gomez?», sagte sie. «Der sieht nicht gerade wie ein Latino aus, finden Sie nicht?»

«Ganz und gar nicht», sagte ich.

Dann ging sie. Ich gab ihr eine meiner Karten und bat sie, dafür zu sorgen, dass Sean sich bei mir meldete. Sie sagte, das werde sie tun. Aber ich kann nicht behaupten, dass ich mit angehaltenem Atem darauf gewartet hätte. Mit Morgan Endor waren es jetzt schon zwei Frauen, die Sean zwischen mich und sich geschoben hatte (wenn man seine Mutter hinzurechnete, waren es drei). Ich fragte mich, ob die hier im Bilde war über das Schätzchen der Studentenverbindung mit den blaulackierten Zehennägeln und der tätowierten Schlange und dem SHIT-HAPPENS-T-Shirt in ihrem Trailer – in ihrem und Seans Trailer. Ich hätte auf nein getippt, aber bei Typen wie Sean, die ein reiches Innenleben haben, kann man nie wissen.

Morgan Endor war kaum verschwunden, als Deputy Keen in mein Büro trat. Er sah den Kleiderstapel und die Pistole, die darauflag.

«Was ist das?», fragte er.

«Von Sean», sagte ich. Ich zeigte ihm den Führerschein. «Schon mal gesehen?»

«Nein», sagte er. «Gomez? Kalifornien? Was soll er sein, ein Mexikaner? Er sieht nicht aus wie ein Mexikaner, oder?»

«Er ist auch keiner», sagte ich. «Er ist Russe. Er ist der Bursche, den Timberlake vorgestern Nacht am Diamond aufgelesen hat.»

«Der Nackte?»

«Genau der», sagte ich.

«Wie kommen Sie darauf?»

«Wie ich darauf komme? Ich war da. Ich hab ihn gesehen. Wir mussten ihn fesseln, um ihn in den Rettungswagen zu kriegen. Das ist er. Und er hat Russisch gesprochen.»

«Wie kommt's dann, dass er einen kalifornischen Führerschein hat?», fragte Lyle.

«Den hat er sich gekauft, würde ich sagen. Wenn Sie wollen, besorge ich Ihnen auch einen. Oder gleich ein paar. Wie viele wollen Sie?»

«Und was machen Sie jetzt?»

«Tja», sagte ich, «erst mal bei der State Police anrufen. Timberlake und die anderen haben ihn vorgestern Nacht mitgenommen. Vielleicht ist er noch bei ihnen.»

«Würde ich bezweifeln», sagte Lyle.

«Ich auch», sagte ich.

Ich nahm den Hörer ab, um die State Police in Brattleboro anzurufen, legte ihn aber wieder auf die Gabel.

«Wissen Sie was?», sagte ich zu Deputy Keen. «Sie wollen doch unbedingt an diesem Fall arbeiten, oder? Dann fahren Sie mal nach Monterey und reden mit Seans Freundin. Crystal. Kennen Sie die?»

«Die Dame kenne ich nicht», sagte Lyle. «Ich dachte, Sie haben schon mit ihr gesprochen.»

«Wir sind nicht so recht miteinander warm geworden», sagte ich. «Reden Sie mit ihr. Versuchen Sie was aus ihr rauszuholen, irgendeinen Hinweis darauf, wo Sean sein könnte.»

«Das kann ich machen», sagte Lyle. «Und was, wenn Superboy da ist? Wenn er bei ihr ist? Soll ich ihn dann festnehmen?»

«Nein. Dann fahren Sie wieder weg und sagen mir Bescheid.»

«Wegfahren? Auf keinen Fall.»

«Auf jeden Fall. Wenn Sie nicht Ihren Stern verlieren wollen.»

Der Deputy wandte sich zur Tür.

«Deputy?»

Er blieb stehen. «Sheriff?», sagte er, drehte sich aber nicht um und kehrte mir den Rücken zu.

«Wenn sie Ihnen was sagt, wenn sie Ihnen irgendeinen Hinweis gibt, wo Sean stecken könnte, werden Sie nicht gleich losgaloppieren, sondern mir Bescheid geben. Ist das klar?»

«Klar, Sheriff.»

Als Deputy Keen mein Büro verließ, stand er so unter Dampf, dass man ihn förmlich pfeifen hörte. Und wieder ein glücklicher Mitarbeiter …

Als er gegangen war, rief ich in Brattleboro an. Ich ließ mich mit Lieutenant Farabaugh verbinden, dem Leiter der Ermittlungsabteilung. Dwight Farabaugh war zur selben Zeit in die State Police eingetreten wie ich, doch im Gegensatz zu mir war er dort geblieben. Er hatte, um mit Wingate zu sprechen, immer einen ziemlich großen Säbel getragen, aber jetzt steuerte er auf den Ruhestand zu. Er war schon lange bei der State Police, er kannte mich, und manchmal redete er Klartext mit mir.

«Na, Lucian?», sagte er. «Wie steht's bei euch da oben in den Wäldern? Alles ruhig?»

«Ziemlich ruhig», sagte ich. «Ein bisschen Aufregung gab's aber doch. Du hast bestimmt davon gehört. Ein Ausländer im Zustand vollständiger Entkleidung hat sich ungebührlich verhalten, könnte man sagen, und eurem Trooper Timberlake Probleme gemacht. Er ist dann bei euch gelandet.»

«Ach», sagte Dwight, «du meinst Iwan den Schrecklichen.»

«Wahrscheinlich», sagte ich. «Wo ist er?»

«Längst weg», sagte Dwight. «Für eine Weile war er der Star unseres Ensembles. Aber du weißt ja, wie es ist, Lucian: Irgendeiner überfällt den Seven-Eleven an der Route 10, und schon ist Iwan Schnee von gestern. Wie schnell wir doch vergessen.»

«Nur zu wahr», sagte ich. «Habt ihr je rausgekriegt, wer er war?»

«Klar haben wir das. Bleib dran.»

Ich hörte Papier rascheln und dann wieder Dwights Stimme: «Wollen mal sehen ... Jewgeni Karagin. Jewgeni. Das ist die russische Form von Eugene. Wusstest du das?»

«Nein, wusste ich nicht.»

«Geboren 1975 in Moskau. Gegenwärtige Staatsangehörigkeit tschechisch. Erste Verhaftung 1993 in Moskau. Das nächste Mal 1996 in Wien, 1998 noch einmal, wegen schwerem Diebstahl. Dann 2000 in Rom und 2002 in Mexico City. Der Typ ist praktisch die UNO. Wollte sein Glück vermutlich auch mal im Land der unbegrenzten Möglichkeiten versuchen. 2002 in Dallas wegen Drogenschmuggels verhaftet, gegen Kaution entlassen und untergetaucht. Ist das zu fassen? Er hat seine Kaution in den Wind geschossen und ist abgehauen. Wer hätte das gedacht, Lucian? Die Jungs in Dallas waren bestimmt total überrascht. Wie auch immer – Iwan wird jetzt landesweit gesucht. Ist im vergangenen Winter von Montreal eingereist, mit einem amerikanischen Pass auf den Namen Oswaldo de Gomez aus Los Angeles.»

«Habt ihr seine Fingerabdrücke überprüft?»

«Haben wir», sagte Dwight. «Angesichts der Tatsache, dass wir ihn splitterfasernackt aus deinem Bezirk übernommen haben, hatten wir ja auch nichts anderes. Wir haben also seine Fingerabdrücke überprüft und hatten einen Treffer: Beim FBI gab's ein Ersuchen von Interpol. Stell dir vor, Lucian – Interpol. Ein ganz schön bunter Vogel, was?»

«Was ist aus ihm geworden?»

«Aus Iwan? Wir haben ihn gleich an die Jungs von der Einwanderungsbehörde weitergereicht. Sofort, kann ich dir sagen. Mit Burschen wie Iwan wollen wir nichts zu tun haben, das weißt du. Inzwischen ist er unterwegs nach Moskau.»

«Na gut. Vielen Dank für die Auskunft, Lieutenant.»

«Was ist bei euch da oben los, dass solche Kreaturen unter ihren Steinen hervorkriechen, Lucian?»

«Hier ist überhaupt nichts los», sagte ich. «Ich war bloß neugierig. Wie du gesagt hast: Hier ist es ganz schön ruhig.»

«Bei euch ist es ruhig, und du warst bloß neugierig», sagte Dwight. «Gibt es sonst noch was, das du mir erzählen möchtest, Lucian?»

«Ich glaube nicht», sagte ich.

«Gibt es was, das ich wissen müsste?»

«Ich glaube nicht.»

«Dann ist ja alles in Ordnung.»

Clemmie sah mich über den Rand ihrer Zeitschrift hinweg an. «Sean?», sagte sie. «Warum fragst du?»

«Diese Fotografin findet ihn schön», sagte ich. «‹Sean ist schön›, hat sie gesagt. Findest du das auch?»

«Sean? Nein. Ich weiß nicht. Nein. Er ist … ich weiß nicht. Er ist irgendwie süß. Er hat einen hübschen Mund.»

«Einen hübschen Mund?»

«Ja», sagte Clemmie. «Oder nein. Ich weiß nicht. Warum fragst du das? Was hat er jetzt wieder ausgefressen?»

«Ich glaube, er ist in ein Ferienhaus in Grenada eingebrochen», sagte ich. «Ich weiß es nicht genau, aber ich glaube, er war's. Lyle Keen ist fest davon überzeugt. Und danach hatte er – Sean – eine Auseinandersetzung mit einem Mann, aus dem keiner so recht schlau wird, der aber mit dem Haus, in das Sean eingebrochen ist, irgendwie in Verbindung stehen könnte.»

«Eine Auseinandersetzung?», fragte Clemmie. «Du meinst eine Prügelei?»

«So könnte man es nennen», sagte ich. «Möglicherweise ziemlich einseitig. Man könnte sagen: eine halbe Prügelei.»

«War er verletzt?»

«Nicht sehr. Ein bisschen angeschlagen vielleicht. Es sah so aus, als wäre seine Schulter ausgekugelt. Schwer zu sagen – der Typ konnte kein Englisch.»

«Wer?»

«Dieser Typ. Es war ein Russe.»

«Nein», sagte Clemmie, «den meine ich nicht. Ich meine Sean. War er verletzt?»

«Ach so. Nein. Sean nicht. Sean weiß, wie man sich prügelt.»

«Das weiß er?»

«Sollte er wohl. Er hat's ja oft genug getan.»

«Ich muss immer daran denken, wie er bei der Beerdigung aussah», sagte Clemmie. «Dieser furchtbar traurige kleine Junge.»

«Jetzt ist er kein kleiner Junge mehr.»

«Nein», sagte Clemmie, «ist er nicht. Du hast was von einer Fotografin gesagt. Was für eine Fotografin?»

«Eine Frau aus Mount Zion», sagte ich. «Sie ist Fotografin. Sie macht Fotos. Fotos von Männern, verstehst du? Sie findet, dass Sean schön ist. Wie es aussieht, ist er ihr Modell oder so.»

«Was soll das heißen: ihr Modell?»

«Na, was meinst du wohl? Aber meine Frage ist: Hat sie recht? Ist Sean schön?»

«Kann ich dir nicht sagen», antwortete Clemmie. «Er ist nicht mein Typ.»

DAS PROBLEM

Am Donnerstag, kurz vor Feierabend, kam ein Anruf von Emory O'Connor, dem Hausverwalter in Manchester, dessen Firma sich um das Haus der Russen kümmerte. Einer der Eigentümer oder jemand, der für die Eigentümer arbeitete, war tagsüber im Haus gewesen.

«Ich fürchte, es gibt ein Problem», sagte Mr. O'Connor.

«Das glaube ich», sagte ich. «Ich war dort und hab es gesehen. Der Einbrecher hat die halbe Wand eingerissen.»

«Das ist nicht das Problem. Können Sie morgen zum Haus kommen? Wir erwarten Sie dort.»

Wir?

Am Freitagmorgen um neun war ich wieder in Grenada auf dem Berg, unterwegs zu meiner ersten Begegnung mit diesen ominösen Russen.

Auf der Millionen-Dollar-Zufahrt dachte ich nicht zum ersten Mal daran, wie unterschiedlich Arm und Reich vorgehen, wenn sie sich auf einem Stück Land niederlassen. Bleibende Schäden richten in neun von zehn Fällen nicht die Armen, sondern die Reichen an. Mein Leben lang war dieser Berg das Hinterste vom Hinterland: abgelegen, steil, dicht bewaldet – das perfekte Nirgendwo. Eine gute Gegend zum Jagen und Holzfällen, eine gute Gegend für Bären und Stachelschweine. Als Arsch der Welt hatte sie sich ganz gut gehalten.

Hätte ein armer Mann sich hier niedergelassen, dann hätte er einen Viertelmorgen Land direkt an der Straße gekauft und seinen Trailer oder ein einfaches kleines Haus daraufgestellt.

Mehr hätte er sich nicht leisten können. Und angenommen, das Haus brennt ab oder er zieht mitsamt seinem Trailer weiter, dann ist es nach nicht mal zwei Jahren, als wäre er nie dagewesen.

Bei einem reichen Mann ist es anders. Er kann tun, was er will, und darum tut er viel. Er tut alles. Er kauft den ganzen Berg, lässt zehn, zwanzig Morgen auf dem Gipfel roden, schafft schweres Gerät heran, baut eine lange, lange Zufahrt und legt Teiche, Uferbefestigungen und Böschungen an. Wenn es einen Hügel gibt, wo keiner sein soll, lässt er ihn abtragen; wenn es einen Einschnitt gibt, wo keiner sein soll, lässt er ihn auffüllen. Er verändert die ganze Gegend, bis sie ihm gefällt – und dann bleibt sie für immer verändert. Er verwandelt den Arsch der Welt in wertvollen Grundbesitz. Vielleicht laufen noch immer Bären und Stachelschweine dort herum, aber jetzt sind es *seine* Bären und Stachelschweine, und zwar in einem Maß, wie sie es für den armen Mann nie wären.

Für mich sieht es so aus: Wenn Geld in die Gegend zieht, geht es mit ihr bergab. Einen reichen Mann sollte man, wenn es geht, zum Freund haben, aber ein armer Mann ist ein besserer Nachbar.

Als ich bei dem Haus ankam, standen dort zwei Wagen: ein Kombi mit Vermonter Kennzeichen, der vermutlich O'Connor gehörte, und eine Mercedes-Limousine mit New Yorker Kennzeichen, an deren Fahrertür ein Mann, so groß wie ein Holzschuppen, stand und wartete. Ich parkte den Pick-up und stieg aus. Der Fahrer des Mercedes – ich nahm an, dass er der Fahrer war – winkte mir, und ich ging zu ihm. Wortlos tastete er mich ab. Ich habe das in meinem Leben schon oft gemacht und erkenne gute Arbeit. Dieser Bursche war ein Experte. Er tastete mich ab, als wäre ich gerade mit einem schweren, tickenden Koffer aus Damaskus oder Teheran angekommen. Als er fertig war, nickte er und wies auf den Eingang, und so ließ ich ihn stehen und ging hinein.

Drinnen, in der hohen Eingangshalle, standen Emory O'Connor und zwei andere. O'Connor kannte ich ein bisschen. Wir schüttelten uns die Hand, und dann stellte er mir einen der anderen beiden vor.

«Das ist Mister Tracy, Sheriff», sagte O'Connor. «Er ist von der Versicherungsgesellschaft in New York. Sheriff Wing.»

«Logan Tracy», sagte der Versicherungsmann. Er war ein schwerer, irgendwie weich anmutender Mann und wirkte wie ein aus dem Leim gegangener Footballspieler. Er trug eine dieser Lederjacken, die ein paar hundert Dollar kosten und New Yorkern und anderen anscheinend das Gefühl geben, wie Leute vom Land auszusehen. Nur von welchem Land?

Ich schüttelte Mr. Tracy die Hand und sah den dritten Mann an, doch niemand stellte ihn mir vor, weder jetzt noch später, und er sagte die ganze Zeit kein einziges Wort. Und wie es aussah, spielte er in einer vollkommen anderen Liga. Er trug einen grauen Anzug und eine dunkle Krawatte. Seine Schuhe waren auf Hochglanz poliert. Sein Haar war lang, pechschwarz und mit Gel nach hinten gekämmt. Er versuchte nicht, wie einer vom Land auszusehen. Er versuchte nicht, wie irgendjemand Bestimmtes auszusehen. War er Russe? Möglich. Aber er hätte ebenso gut vom Pluto stammen können. Jedenfalls nicht aus dieser oder irgendeiner ähnlichen Gegend.

«Hier entlang, Sheriff», sagte Logan Tracy. Er ging zu dem Raum, in dem wir vor ein paar Tagen gewesen waren, in das Büro. Ich folgte ihm. Emory O'Connor wollte uns begleiten, aber Tracy bat ihn, mit dem anderen Mann in der Eingangshalle zu warten.

Jemand hatte aufgeräumt. Die Papiere und die anderen Sachen, die am Freitag auf dem Schreibtisch und dem Boden verstreut gelegen hatten, waren verschwunden. Tracy setzte sich auf die Schreibtischkante und sah mich an.

«Das ist ein schönes Anwesen, Sheriff», sagte er.

Ich nickte.

«Die Eigentümer kommen hierher, wenn sie ausspannen wollen», sagte er. «Zur Erholung. Sie wollen keinen Trubel und keine Probleme. Sie wollen nicht, dass die Polizei das Haus auf den Kopf stellt. Sie wollen entspannen und genießen.»

«Wer sind die Eigentümer?», fragte ich.

«Es gibt Wertgegenstände im Haus», fuhr Tracy fort. «Ein paar davon haben Sie schon gesehen: Fernseher, elektronische Geräte, alle möglichen Apparate. Es gibt Kameras und Jagdwaffen. Es gibt Kunstwerke.»

«Ist der Mann in der Eingangshalle einer der Eigentümer?»

«Wir haben eine Inventarliste», sagte Tracy. «Es fehlt nichts. Bis auf einen Gegenstand.»

«Und der wäre?»

Der stumme Mann mit dem gegelten Haar, der zunächst mit O'Connor in der Halle gewartet hatte, erschien und blieb in der Tür stehen.

«Ein Safe», sagte Tracy. «Ein kleiner, feuerfester Safe. Aus Stahl. Er war in dem Regal hier.»

«Wie klein?»

Tracy zeigte mit beiden Händen etwa einen halben Meter. Er sah den Mann in der Tür an. Der Mann nickte.

«Ein Safe mit einem Doppelbartschloss», sagte Tracy. «Er ist äußerst stabil und wiegt ungefähr zwanzig Kilo, man kann ihn also leicht wegtragen.»

«Was war darin?»

«Unterlagen.»

«Unterlagen?»

«Geschäftsunterlagen, Sheriff. Nichts, was für einen Einbrecher von Wert wäre. Nichts, was man verkaufen könnte. Unterlagen eben.»

«Was für Unterlagen?»

«Hören Sie, Sheriff», antwortete Tracy, «das ist, wie gesagt, irrelevant. Der Punkt ist: Diese Papiere sind wertlos.»

«Aber die Eigentümer wollen sie zurück», sagte ich. «Und zwar sehr dringend.»

«Das stimmt», sagte Tracy. «Haben Sie schon Ermittlungen angestellt, Sheriff?»

«Ich hab mich umgehört.»

«Sie haben sich umgehört. Haben Sie mal Sean Duke gefragt? Nach unseren Informationen ist der Täter ein Mann namens Sean Duke. Kennen Sie ihn?»

«Woher haben Sie Ihre Informationen?», fragte ich Tracy.

«Das braucht Sie nicht zu kümmern, Sheriff», sagte Tracy. «Kennen Sie Duke?»

«Klar.»

«Ist er der Einbrecher?»

«Das weiß ich nicht.»

«Ist er Ihr Hauptverdächtiger?»

«Würde ich nicht sagen.»

«Haben Sie ihn befragt?»

«Noch nicht. Sie?»

«Wie meinen Sie das, Sheriff?»

«Vor ein paar Tagen war einer hier, der Sean Duke gesucht hat», antwortete ich. «Er hat ihn auch gefunden. Und sich dann vielleicht gewünscht, er hätte ihn nicht gefunden. Ein Russe. Ein Russe namens Eugene.»

«Davon weiß ich nichts, Sheriff», sagte Tracy.

«Er vielleicht?» Ich sah zu dem Mann, der in der Tür stand.

«Nein», sagte Logan Tracy.

«Wie schwer ist es, diesen Safe zu knacken?», fragte ich Tracy.

Tracy sah den Mann in der Tür an. Der schüttelte fast unmerklich den Kopf.

«Schwer», sagte Tracy.

«Dann ist es wahrscheinlich, dass der Dieb ihn einfach wegwirft», sagte ich.

«Würden Sie ihn dann finden?»

«Kommt drauf an, wo er ihn wegwirft.»

«Hören Sie, Sheriff», sagte Tracy, «ich will mit Ihnen kein Schattenboxen veranstalten. Das bringt uns nicht weiter. Reden wir einfach Klartext: Jemand ist hier eingebrochen und hat uns bestohlen. Vielleicht wissen Sie, wer es war, vielleicht auch nicht. Das spielt keine Rolle. Wir wollen, dass er gefasst wird. Das ist Ihre Aufgabe. Wir stehen auf derselben Seite.»

«Tatsächlich?»

Tracy erhob sich vom Schreibtisch. «Na gut, Sheriff», sagte er. «Das ist nicht zielführend. Lassen wir's dabei. Selbstverständlich wollen die Eigentümer das, was ihnen gehört, zurückhaben. Da kommen Sie ins Spiel. Wir können doch auf Sie zählen, oder? Und lassen Sie mich hinzufügen, dass die Eigentümer bereit sind, eine Belohnung zu zahlen. Eine durchaus ansehnliche Belohnung. Vielleicht ist das hilfreich für Ihre Ermittlungen.»

«Ich arbeite für das County», sagte ich.

«Natürlich, Sheriff», sagte Tracy. «Und wir wissen das zu schätzen. Ich wollte nur sagen, dass die Eigentümer bereit sind, denen zu helfen, die ihnen helfen. Das verstehen Sie doch?»

«Allerdings», sagte ich. «Das verstehe ich.»

Tracy zog eine Visitenkarte hervor und reichte sie mir. «Halten Sie mich auf dem Laufenden», sagte er.

«Werden noch mehr Typen wie Eugene hier aufkreuzen?», fragte ich.

«Ich sage Ihnen doch, Sheriff», sagte Tracy, «ich kenne niemanden, der so heißt.»

Ich warf einen Blick auf seine Karte. Da standen sein Name und in den unteren Ecken der Firmenname Atlantic Casualty sowie eine Telefonnummer, aber keine Adresse.

«Wo ist Ihr Büro?», fragte ich Tracy.

«Wie meinen Sie das?»

«Wie ich das meine?», sagte ich. «Wie meinen *Sie* das? Auf Ihrer Karte fehlt die Adresse. Wo ist Ihr Büro?»

«In New York.»

«New York ist groß.»

«Downtown», sagte Tracy.

Er ging zur Tür. Der Mann, der dort gestanden hatte, war verschwunden. Und Emory O'Connor hatte sich, wie es aussah, ebenfalls davongemacht. Er war nicht mehr in der Eingangshalle, und als ich das Haus verließ, war auch sein Wagen nicht mehr da.

Hat es mir gefallen, mich von diesem Kerl mit seiner schicken Lederjacke und seiner kleinen Visitenkarte, die ihm nicht mal der dümmste Drittklässler abgekauft hätte, behandeln zu lassen, als wäre ich der dümmste Drittklässler? Eigentlich nicht. Aber es machte mir nichts aus. Beim Sheriffsein geht es nicht darum, allen Leuten zu beweisen, dass man der Schlaueste im Raum ist. Man hat einen Job zu erledigen, und manchmal erledigt man ihn besser, wenn man den Eindruck vermittelt, man wäre ein bisschen unterbelichteter, als man in Wirklichkeit ist. Dann redet man nicht, sondern hält den Mund, hört zu und beobachtet. Oder man stellt dumme Fragen, und manchmal sind die Antworten – und die Nicht-Antworten – höchst interessant.

Nein, Mr. Tracy machte mir nichts aus. Wingate sagte immer: Alle denken, dass du siegen musst. Musst du aber nicht. Du musst nur deinen Job machen.

Das war typisch Wingate. Wenn's um das Sheriffsein ging,

veranstaltete er regelrechte … Wie heißt das noch, wenn alle herumsitzen und Fragen stellen und keiner je eine Antwort gibt? Seminar. Wingate veranstaltete regelrechte Seminare über das Sheriffsein. Und am Ende stand immer: Mach deinen Job. Das ist alles, was du tun musst. Nur dass Wingate nie gesagt hat, worin der Job eigentlich bestand. Das musste man selbst rauskriegen. Aber auf Wingates Tour.

Als ich von dem Russenhaus zum Sheriffbüro zurückkehrte, war Deputy Keen wieder da. Er hatte mit dem Schätzchen der Studentenverbindung gesprochen, und es klang, als hätte er mehr Glück gehabt als ich.

«Sie ist kein übles Mädchen, Sheriff», sagte er. «Superboy hat sie flachgelegt und ihr eine Gehirnwäsche verpasst.»

«Hat sie gesagt, wo er ist?»

«Nein», sagte Lyle. «Sie weiß nicht, wo er ist. Sie kriegt ihn gar nicht so oft zu sehen. Er wohnt nämlich eigentlich gar nicht bei ihr. Er kommt alle paar Tage mit einem Sixpack und einem Tütchen Gras vorbei, und dann … na ja, dann treiben sie's den ganzen Tag und die ganze Nacht. Und dann ist er wieder weg. Sie denkt, er wird sie heiraten.»

«Hat sie das gesagt?»

«Das braucht sie nicht zu sagen. Sie ist erst achtzehn und hat harte Zeiten hinter sich. Ihr Dad ist ihr an die Wäsche gegangen, und wenn er ihr nicht an die Wäsche gegangen ist, hat er sie verprügelt. Sie hat keinen Schulabschluss. Arbeitet bei Wendy's. Hat einen bescheuerten Freund nach dem andern. Sie wird's nie zu was bringen, und das weiß sie auch. Und dann kommt Superboy. Er hat einen Job und ein bisschen Geld in der Tasche. Hin und wieder wechselt er die Socken, und manchmal duscht er sogar. Für Crystal sieht er aus wie ein Treffer.»

«Wird wohl so sein.»

«Sie ist ein gutes Mädchen», fuhr Lyle fort. «Sie liebt diesen Riesenköter. Jackson. Was für ein Monster. Haben Sie ihn gesehen? Ich weiß nicht, warum sie ihn Jackson genannt hat – ich muss sie bei Gelegenheit mal fragen. Ich fahre später noch bei ihr vorbei und sehe nach, ob alles okay ist. Sie hätte was Besseres verdient. Stattdessen kriegt sie Superboy. Diese kleine Kröte. Ich würde ihm zu gern mal –»

«Okay, Deputy, das reicht fürs Erste», sagte ich.

«Und jetzt, Sheriff?», sagte Lyle. «Und jetzt? Sie wissen genauso gut wie ich, dass es Superboy war, der da eingebrochen ist. Wir sollten ihn festnehmen.»

«Wir können ihn nicht wegen etwas festnehmen, das ich genauso gut weiß wie Sie, das aber vielleicht nicht stimmt», sagte ich. «Wir können ihn nicht wegen etwas festnehmen, das wir nicht beweisen können. Diese Russen könnten das vielleicht, wenn sie zu Hause wären, aber wir können es nicht.»

«*Sie* können es nicht», sagte Deputy Keen.

«Sie auch nicht», sagte ich. «Jedenfalls nicht, solange ich Sheriff bin.»

«Solange Sie Sheriff sind.»

«Solange ich Sheriff bin», wiederholte ich.

«Solange.»

«Und außerdem», sagte ich, «können wir ihn nicht festnehmen, weil wir nicht wissen, wo er ist.»

«Tja, da haben Sie recht», sagte Deputy Keen. «Aber wir werden ihn finden. Ich werde ihn finden.»

Der Deputy ging hinaus, und ich saß da und dachte über die Sache nach – allerdings nicht sehr lange. Ich kam zu dem Schluss, dass es noch nicht genug Bedenkenswertes gab, um das Nachdenken zu einer lohnenden Beschäftigung zu machen. Also ging ich über die Straße zu Addisons Kanzlei auf der Rückseite des

Gerichtsgebäudes. Ich fand, es sei an der Zeit, noch ein paar Spieler aufs Feld zu schicken.

Addison stand am Fenster und sah hinaus. Er trug breite rote Hosenträger und eine blaue Fliege. Der Kleinstadtadvokat. Fehlte nur noch die Maiskolbenpfeife – und auch davon hatte er ein paar.

«Da unten ist einer, der den Rasen mäht und meines Erachtens eingeschlafen ist», sagte Addison, als ich eintrat. «Eingeschlafen oder betrunken. Sieh dir das an.» Er zeigte aus dem Fenster. Leo Crocker saß auf seinem kleinen Aufsitzmäher und bearbeitete den Rasen neben dem Gerichtsgebäude.

«Das ist Leo», sagte ich. «Was ist mit ihm?»

«Er lässt die Hälfte aus», sagte Addison. «Ganze Streifen. Wenn er so weitermacht, sieht das bald aus wie ein Maislabyrinth. Leo wer? Ist das einer von deinen Jungs?»

«Nein», sagte ich. «Meine Jungs mähen keinen Rasen.»

«Weiß ich doch, Lucian», sagte Addison. «Setz dich. Wie geht's unserem Lieblingsmädchen?»

«Wer soll das sein?»

«Ha», sagte Addison. «Ha, ha. Witzig, Lucian, wirklich sehr witzig. Aus dir wird noch ein richtiger Komiker. Was kann ich für dich tun?»

«Du kannst dir einen Grundbucheintrag ansehen», sagte ich und erzählte ihm von dem Russenhaus und dem Einbruch.

«Welche Gemeinde?», fragte Addison. Ich nannte sie ihm. Er machte sich Notizen.

«Neues Haus?», fragte er.

«Ziemlich. Nicht älter als fünf Jahre, würde ich sagen.»

«Sonst noch was?»

«Der Verwalter ist Emory O'Connor», sagte ich. «Der hat's wahrscheinlich auch verkauft.»

«Und du willst wissen, wem es vorher gehört hat?»

«Ich will wissen, wem es jetzt gehört.»

«Dann frag Emory», sagte Addison.

«Werde ich», sagte ich. «Aber ich frage auch dich. Ich stelle gern Fragen.»

Addison lächelte leise und nickte. «Das wird dich was kosten», sagte er. Jetzt kam der lustige Teil.

«Ach, komm schon», sagte ich. «Du unterstützt einen Polizisten bei seiner Arbeit. Das ist *pro bono.*»

«Ein Scheiß ist es», sagte Addison und grinste. «Du weißt doch, was *pro bono* heißt, oder, Lucian?»

Ich schüttelte den Kopf.

«Es heißt: ‹Für Versager›», sagte Addison.

SHERIFFSEIN II

«Wir werden ihn finden», sagt der Deputy. Und dann: «Ich werde ihn finden.» Vielleicht gelingt es ihm sogar. Lyle ist intelligent, er hängt sich rein und ist motiviert. Ja, er ist motiviert, denn wenn die Leute sehen, wie Lyle Tag für Tag, Stunde für Stunde tätig ist, um Bösewichter zu schnappen, wenn sie sehen, wie er sich reinhängt (und dabei vielleicht den Eindruck bekommen, dass er sich wesentlich mehr reinhängt als sein Boss), dann ist das Lyle sehr recht.

Und zwar wegen der Wahl. Hat er nicht «solange» gesagt? Demnächst steht eine Wahl an. Es steht immer eine Wahl an. Und wie gesagt: Das bedeutet, dass die Leute glauben, sie hätten beim Sheriff einen Hebel, den sie bei keinem anderen Polizisten haben; es bedeutet, dass sie Tag für Tag sehen wollen, wie er seine Arbeit macht. Das ist so – sie wollen es sehen. Es kann aber auch bedeuten, dass sie schon zufrieden sind, wenn sie den Sheriff überhaupt sehen. Ob er wirklich seine Arbeit macht oder nicht, ist nicht so wichtig wie die Frage, ob sie ihn dabei sehen.

Das ist Quatsch, oder? Ja, es ist Quatsch. Wenn man es recht betrachtet, ist es Quatsch, den Sheriff durch eine Wahl zu bestimmen, denn bei dieser Art von Job funktioniert das nicht. Hundert Leute steigen in ein Flugzeug und warten darauf, dass es startet. Sollen sie eine Wahl veranstalten, um zu bestimmen, wer der Pilot sein soll? Und wählen sie dann den, dem die Uniform am besten steht und dessen Stimme im Funk am besten klingt? Nein. Jemand anders entscheidet, wer der Pilot ist, und die Passagiere sind damit einverstanden – wenn nicht, müssen sie eben aussteigen.

Den Sheriff zu wählen ist in meinen Augen so, als würde man den Piloten wählen. Nicht dass Sie mich falsch verstehen: Ich hab nichts gegen Wahlen. Die Mehrheit regiert. Demokratie ist eine wunderbare Sache. Aber hin und wieder übertreiben wir es damit.

Clemmie findet, wenn man solche Ansichten hat, ist man eine Art Nazi, eine Art SS-Mann. Auch darüber haben wir uns ein paarmal in die Haare gekriegt.

«Sehe ich für dich vielleicht wie ein SS-Mann aus?», frage ich sie.

«Nein», sagt sie, «du siehst nicht wie einer aus, aber du denkst wie einer. Das ist schlimmer.»

«Wirklich?»

«Immer im Recht. Du denkst, du bist das Gesetz. Du denkst, du und das Gesetz, ihr seid ein und dasselbe.»

«Tue ich das?»

«Halt den Mund», sagt Clemmie.

«Ich hab gar nichts gesagt.»

«Das weiß ich», sagt Clemmie. «Halt trotzdem den Mund.»

«Moment mal», sage ich. «Moment. Wollen mal sehen: Du glaubst, dass ich denke, ich bin das Gesetz, aber was ist das Gesetz eigentlich? Woher kommt das Gesetz? Es kommt von den Leuten, oder?»

«Ich würde sagen: ja.»

«Du würdest sagen: ja, und ich würde auch sagen: ja. Aber wie?»

«Was meinst du mit ‹wie›?»

«Wie entscheiden die Leute, welche Gesetze es geben soll? Durch Wahlen, oder?»

«Ich würde sagen: ja.»

«Und damit hättest du recht. Durch Wahlen. Wir kommen gut voran. Okay, den nächsten Schritt machen wir jetzt ganz langsam: Wie bin ich an meinen Job gekommen? Ich bin gewählt worden, oder? Ich kann mich dunkel erinnern, dass ich gewählt worden bin. Ja, so war es. Die Leute haben mich gewählt.»

Ich glaube, jetzt habe ich sie. Aber ich muss trotzdem auf dem Sofa schlafen, und am nächsten Morgen kriege ich wieder nur ihren Rücken zu sehen. Möglicherweise nimmt Clemmie das Leben manchmal zu ernst.

Ich rede hier nur vom Sheriffsein. Demokratie macht das Sheriffsein schwieriger und zugleich leichter: Der Job ist schwieriger zu erledigen und leichter zu behalten – vielleicht ist es aber auch umgekehrt.

Es kommt natürlich ganz darauf an, wie man den Job definiert.

Ich war seit ungefähr einem halben Jahr Deputy und hatte das Gefühl, ganz gut zurechtzukommen, da gab Wingate mir eines Tages eine gerichtliche Vorladung für einen Typen namens Chalmers Babcock, genannt Chum.

Chalmers Babcock – das klingt nach Wohlstand und Erfolg, doch Chum war alles andere als wohlhabend und erfolgreich. Er muss damals an die achtzig gewesen sein und lebte mit seiner Frau in der Gemeinde West Gilead, tief im Wald. Kein Strom, kein fließendes Wasser. Chum kam gerade so über die Runden; im Sommer sammelte er Farn und fing Moschusratten, im Winter arbeitete er im Sägewerk. Ich weiß nicht mehr, worum es bei der Sache ging, aber dass er vorgeladen wurde, war nichts Ungewöhnliches. Chum stand ziemlich oft vor Gericht. Wie es aussah, waren diese Vorladungen der einzige Grund, warum er überhaupt noch in die Stadt fuhr.

Also machte ich mich an einem schönen, warmen Morgen im Mai auf den Weg nach West Gilead. Auf den Wiesen blühte der Löwenzahn, und die Felsenbirnen an der Straße hatten weiße und rosarote Knospen. Ja, Löwenzahn und Felsenbirnen waren da – und jede Menge Kriebelmücken. Und als ich im hintersten Hinterwald aus dem Streifenwagen stieg, waren sie noch schlimmer. Sie umschwirrten meinen Kopf wie eine Giftgaswolke.

Chums Frau stand vor der Tür. Sie trug einen Hut mit angenähtem schwarzen Moskitonetz, so dass ich ihr Gesicht nicht erkennen konnte. Sie sah aus wie eine Araberin.

«Misses Babcock?», sagte ich. «Ist Mister Babcock da?»

Ich ließ mir Zeit. Eine gerichtliche Vorladung darf selbstverständlich nur der betreffenden Person ausgehändigt werden. Gewissermaßen von Angesicht zu Angesicht. Wir alle wussten das. Und Chum würde es uns nicht leicht machen.

«Er ist oben», sagte Mrs. Babcock.

Hinter ihr, über der Haustür, war ein offenes Fenster.

«Mister Babcock?», rief ich. Die Kriebelmücken wimmelten in meinem Haar herum, sie krochen unter den Kragen und in meine Nase, sie umschwirrten meine Augen und Ohren.

Etwas flog aus dem Fenster im ersten Stock und landete vor meinen Füßen: ein bauchiges Einmachglas, Inhalt etwa ein halber Liter. Es zerbrach nicht, sondern ergoss eine gelbliche Flüssigkeit und blieb in der Pfütze liegen. Die Flüssigkeit hätte abgestandenes Bier sein können. War es aber nicht.

«Mister Babcock?», rief ich. «Ich bin's, Deputy Wing. Der Sheriff schickt mich. Ich muss mit Ihnen sprechen.» Ich wedelte und fuchtelte mit den Händen, um die Fliegenwolke von meinem Kopf fernzuhalten.

«Ich weiß, wer Sie sind», sagte Chum von drinnen, kam aber

nicht ans Fenster, so dass ich ihn nicht sehen konnte. Ein zweites Einmachglas flog aus dem Fenster. Es zerbrach beim Aufschlag und spritzte seinen Inhalt auf meine und Mrs. Babcocks Schuhe. Ich trat einen Schritt zurück.

«Mister Babcock?», rief ich. «Chum?»

«Ich sag nix. Sie haben keine Bestätigung von mir gehört», sagte Chum. «Ich weiß, wer Sie sind und warum Sie hier sind. Sie haben noch so eine verdammte Vorladung, stimmt's?»

Da kam mir eine Idee.

«Ja, Sir, das stimmt», sagte ich. «Ich habe eine Vorladung. Mister Babcock, die Fliegen hier draußen sind wirklich schlimm. Kann ich nicht reinkommen?»

«He, he», sagte Chum. «Nein, Sie können natürlich nicht reinkommen.» Ein drittes Einmachglas flog aus dem Fenster und zerschellte am Streifenwagen.

«Wie viele von den Gläsern hat er denn da oben?», fragte ich Mrs. Babcock.

«Eine ganze Menge, glaube ich», sagte sie. «Er hat gewusst, dass Sie kommen, und einen Vorrat angelegt.»

«Ja, die Fliegen sind heute ganz schön schlimm», rief Chum von drinnen. «Ist nicht schön, da draußen rumzustehen. Ich geb Ihnen einen Rat: Stecken Sie Ihre Vorladung ein, steigen Sie in Ihren Wagen, fahren Sie zurück und sagen Sie Ripley Wingate, er kann sich seine Vorladung in den Arsch schieben und anzünden.»

Dazu hatte keiner was zu sagen. Mrs. Babcock wandte sich zu mir und sagte: «Zeigen Sie mir den Wisch mal.»

Ich reichte ihr die Vorladung. Sie riss den Umschlag auf, hob den Schleier, überflog das Schreiben und steckte es wieder hinein.

«Das wird nicht klappen», sagte sie. «Er wird das Ding nicht annehmen. Sie sollten wieder gehen.»

«Und die Vorladung?»

«Lassen Sie sie hier», sagte Mrs. Babcock. «Ich sorg dafür, dass er sie kriegt.»

«Sie wissen, dass das nicht geht, Misses Babcock», sagte ich.

«Tja, dann sollten Sie lieber wieder gehen.» Sie gab mir den Umschlag zurück.

Ich fuhr zum Sheriffbüro und sagte Wingate, es sei mir nicht gelungen, die Vorladung zuzustellen.

«Natürlich nicht», sagte Wingate.

Ich schilderte ihm die Umstände: die Kriebelmücken, Mrs. Babcock, die Einmachgläser, den Inhalt der Einmachgläser, das Fenster im ersten Stock. Wingate nickte.

«In ein, zwei Tagen schauen wir noch mal bei ihm vorbei», sagte er.

«In ein, zwei Tagen? Warum nicht gleich?»

Wingate schien kurz nachzudenken und sagte dann: «Nein, wir lassen ihn noch ein bisschen schmoren. Damit die Sache sich entwickelt.»

Und so fuhren Wingate und ich ein paar Tage später gemeinsam zu Babcock. Wir hatten die Vorladung dabei, und diesmal trugen wir beide einen Hut mit Moskitonetz, angeschafft auf Kosten des Countys. Wieder war Mrs. Babcock vor dem Haus, und dann standen wir drei mit unseren schwarzen Schleiern herum wie Imker bei einer Beerdigung. Mit einem Mal trat Chum aus der Tür. Er hatte ebenfalls einen Schleier übergeworfen, einen besonders langen, dichten, dunklen, und quatschte sofort auf Wingate ein.

«Wie ich sehe, haben sie heute den Großen geschickt», sagte er. Er schien sich großartig zu amüsieren. «Und Sie haben bestimmt Ihren Wisch dabei.»

«Hab ich», sagte Wingate.

«Die ganze Sache ist ein einziger Scheiß, Sheriff», sagte

Chum. «Ich hab den Grenzstein von dem Typen nicht angerührt. Warum sollte ich auch?»

«Das hab ich auch nicht behauptet», sagte Wingate. «Ich bin nicht hier, um zu sagen, wer was getan hat. Ich bin hier, um Ihnen eine Vorladung zuzustellen.»

«Können Sie aber nicht.»

«Warum nicht?»

«Weil Sie nicht wissen, wem Sie sie zustellen», sagte Chum und klang sehr zufrieden. «Man würde seine eigene Mutter nicht erkennen, wenn sie so ein Ding aufhätte.» Er zupfte an dem schwarzen Schleier, der ihm bis über die Brust hing. «Sie können nicht wissen, wer ich bin. Und darum können Sie mir auch nichts zustellen.»

Ich spürte meinen Blutdruck steigen. Da steht Chum, der wie ein tollwütiger Waschbär im Wald lebt, drei viertel verrückt ist und in Einmachgläser pinkelt, damit er Deputys damit bewerfen kann, und das ist nun schon der zweite Tag, an dem er dem Sheriff Zeit und dem Steuerzahler Geld stiehlt, und alles bloß wegen einem läppischen Streit mit seinem genauso bescheuerten Nachbarn – da steht er und denkt, er kann uns kommen wie ein Winkeladvokat im Nadelstreifenanzug. Ich hätte ihm am liebsten Handschellen angelegt und ihn in die Arrestzelle gesteckt.

Wingate wusste es. Er wusste, wie ich mich fühlte. Er legte mir kurz die Hand auf die Schulter, beugte sich zu Chum und versuchte, durch den Schleier zu spähen. Dann schüttelte er den Kopf.

«Sie haben recht», sagte er. «Ich könnte nicht beschwören, dass Sie es sind. Wie es aussieht, können wir gar nichts machen.»

«Ha. Sehr schlau», sagte Chum. «Aber ich sag keinen Piep dazu. Ich sag nix, was beweisen würde, dass ich ich bin. Sie können's nicht beweisen.»

«Wie es aussieht, müssen wir wohl zum Gericht fahren und denen sagen, dass wir die Vorladung nicht zustellen konnten», sagte Wingate und gab mir den Umschlag.

«Tun Sie sie wieder in den Wagen», sagte er.

Ich ging zum Streifenwagen, legte die Vorladung auf das Armaturenbrett und kehrte zu Wingate und den beiden Babcocks zurück. Wingate redete mit Mrs. Babcock.

«Ich hab neulich Lucinda gesehen», sagte er. «Wie geht's ihr?» Lucinda war Mrs. Babcocks ältere Schwester, die wegen irgendeiner Frauengeschichte im Krankenhaus gewesen war.

«Sie kommt nicht so richtig auf die Beine», sagte Mrs. Babcock. «Sie hat einfach nicht die Kraft.»

«Ach ja», sagte Wingate.

«Lucy ist nicht mehr die Jüngste», sagte Mrs. Babcock.

«Ach ja», sagte Wingate.

«Sind wir alle nicht mehr», sagte Mrs. Babcock.

«Ach ja», sagte Wingate.

Wir stiegen in den Streifenwagen und fuhren zurück zum Büro. Dort zog Wingate die Vorladung aus dem Umschlag, unterschrieb sie und reichte sie mir.

«Gehen Sie rüber und geben Sie das im Gericht ab», sagte er. «Sagen Sie denen, die Vorladung ist zugestellt worden.»

«Ist sie aber nicht», sagte ich.

«Ist sie doch», sagte Wingate. «Chum weiß, wo er erscheinen muss. Er weiß, wann er erscheinen muss. Und wenn er's nicht weiß, dann weiß es seine Frau. Chum wird da sein. Wenn's sein muss, schleift sie ihn an den Ohren zum Gericht.»

Das war vor fünfundzwanzig, dreißig Jahren. Chum und Mrs. Babcock sind längst unter der Erde. Wingate ist über achtzig, und steht auch nicht mehr so im Saft. Die Sache mit Chum war typisch für das Sheriffsein, wie ich es von Wingate gelernt habe. Das war eine seiner Regeln: Manchmal muss man sich zurückhalten und den Dingen Gelegenheit geben, sich zu entwickeln.

Und sie gilt noch immer. Es ist eine gute Regel. Aber ein Bursche wie Sean stellt sie auf eine harte Probe. Ja, das tut er. Wenn man den Dingen bei einem alten Trottel wie Chum Gelegenheit gibt, sich zu entwickeln, dann entwickeln sie sich zum Besseren. Er kriegt die Kurve, und wenn nicht, sorgt seine Frau dafür, dass er sie kriegt. Das weiß man. Bei Sean weiß man es nicht. Vielleicht entwickeln sich die Dinge zum Besseren. Vielleicht auch nicht.

KEHRSEITE

Kein Sheriff hat am Samstag frei. Übeltäter, Pechvögel und unsere Stammkundschaft, die Strohdummen, sind gewöhnlich schon lange vor Mittag unterwegs, und das baut sich den lieben langen Samstag auf und mündet in den Höhepunkt der Woche: den Abend des schlechten Benehmens.

An jenem Samstag hatte ich vor, nach Manchester zu fahren und Emory O'Connor aufzusuchen, um vielleicht eine ungefähre Vorstellung davon zu bekommen, wer die Leute in dem Russenhaus waren. Danach wollte ich hier und da ein bisschen herumstochern und womöglich Sean aus dem Loch scheuchen, in das er sich verkrochen hatte. Ich nahm an, dass Deputy Keen dasselbe tun würde.

Und ich war ziemlich sicher, dass Emory ebenfalls arbeitete. Am Samstag haben nicht nur die Sheriffs zu tun, sondern auch die Immobilienmakler. Ob die Käufer am Wochenende leichter vergessen, dass sie werden arbeiten müssen, um die Schulden zu bezahlen, die sie sich gerade aufladen? Ich weiß es nicht.

Emory O'Connor war sehr gut im Geschäft. Sein Büro befand sich in einem schönen alten Backsteinhaus direkt am Stadtpark von Manchester. Er hatte das Haus gekauft und für viel Geld so herrichten lassen, dass es genau richtig aussah – oder vielleicht sogar ein bisschen besser als richtig. Emory verdiente gern Geld und gab es gern aus, und von beidem verstand er etwas.

Als ich eintrat, war er im Vorzimmer und telefonierte. Er schien nicht gerade erfreut, mich zu sehen, hob aber die Hand zum Zeichen, dass ich kurz warten solle, und als das Gespräch beendet war, gingen wir in sein Büro. Er schloss die Tür und setzte sich an seinen Schreibtisch. Ich nahm ihm gegenüber Platz.

«Was kann ich für Sie tun, Sheriff?», sagte er.

«Tja», sagte ich, «Sie können mir sagen, wer dieser Tracy ist, dieser Typ da oben in Grenada, und wer sein Freund mit dem angeklatschten Haar ist und wer hinter ihnen steht. Das wäre schon mal ein schöner Anfang.»

Emory lächelte und schüttelte den Kopf. «Nein, das kann ich nicht, Sheriff», sagte er. «Eigentlich nicht. Ich weiß genauso viel wie Sie. Tracy ist von der Versicherung der Eigentümer und kommt aus New York. Das habe ich Ihnen ja schon gesagt. Wie der andere heißt, weiß ich auch nicht. Ich habe angenommen, er ist einer der Eigentümer oder ihr Bevollmächtigter.»

«Ihr Hausmeister Buster Mayhew sagt, dass die Eigentümer nicht oft da sind. Und dass es irgendwelche Ausländer sind. Er versteht kein Wort von dem, was sie sagen.»

Emory schmunzelte. «Wenn Sie mit Buster gesprochen haben», sagte er, «dann wissen Sie auch, dass er nicht der Hellste ist. Er wird im Grunde dafür bezahlt, dass die Türen immer gut verschlossen sind. Er wird nicht dafür bezahlt, sprachwissenschaftliche Studien zu treiben. Er braucht nicht mit den Eigentümern zu reden.»

«Aber Sie. Wer sind die Eigentümer?»

«Investoren», sagte Emory.

«Investoren», sagte ich. «Davon gibt's jede Menge, solche und solche, mal hier, mal da, nicht? Haben die hier auch Namen? Die bezahlen Sie doch, oder? Dafür, dass Sie das Haus verwalten. Jemand schickt Ihnen Schecks.»

Wieder lächelte Emory. «O ja», sagte er. «Große Schecks.»

«Und was steht da drauf?»

«Odessa Partners, Limited», sagte Emory. Er war jetzt ein bisschen kurz angebunden.

«Wer sind die?»

Er zuckte die Schultern. «Investoren», sagte er.

«Und wo haben sie ihren Firmensitz?»

«Im Ausland.»

Informationen aus Emory herauszuholen war ungefähr so, als wollte man eine Schildkröte, die man beim Überqueren der Straße ertappt hat, dazu bewegen, den Kopf herauszustrecken.

«In welchem Ausland?»

«St. George's, auf den Bermudas.»

«Auf den Bermudas?»

«Überrascht Sie das, Sheriff?», sagte Emory. «Die Bermudas sind sehr … ich glaube, *gastfreundlich* ist das richtige Wort. Ein sehr gastfreundlicher Ort.»

«Es sind Russen», sagte ich. «Die Leute in dem Haus in Grenada. Die sind nicht von den Bermudas. Da liegen überall russische Zeitungen und Zeitschriften herum. Sogar russische Pornos. Bermudas? Können die Leute auf den Bermudas Russisch lesen?»

«Hören Sie, Sheriff», sagte Emory, «mit dem, was die lesen, hab ich nichts zu tun. Die Schecks kommen von den Bermudas. Seit mehreren Jahren. Sehr regelmäßige, sehr nützliche Schecks. Wir sind ja schließlich ein Unternehmen.»

«Das weiß ich», sagte ich. «Ich weiß, dass Sie ein Unternehmen sind. Und wo wir gerade von Unternehmen reden: Diese Versicherungsgesellschaft in New York? Atlantic Casualty? Mister Tracys Gesellschaft? Das ist doch auch ein Unternehmen, oder?»

«Natürlich.»

«Natürlich», sagte ich. «Aber es ist wie verhext. Was würden Sie sagen, wenn ich Ihnen erzählen würde, dass ich in New York angerufen habe und die Telefongesellschaft noch nie von Atlantic Casualty gehört hat? Das Unternehmen gibt's gar nicht.»

«Wenn Sie wissen wollen, ob mich das überrascht», antwortete Emory, «muss ich Ihnen sagen: nein.»

«Und das macht Ihnen keine Sorgen?»

«Nicht im mindesten», sagte Emory.

«Sie machen sich überhaupt nicht so schnell Sorgen, oder?»

«Hören Sie, Sheriff», sagte Emory, «was soll ich dazu sagen? Ich bin im Immobiliengeschäft. Ich überprüfe nicht die Moral meiner Kunden. Wollen Sie wissen, ob ich glaube, dass Mister Tracy ein Sonntagsschullehrer auf Urlaub ist? Nein, das glaube ich nicht. Oder dass Odessa Partners armen Waisenkindern Blindenhunde schenkt? Nein, das glaube ich auch nicht. Und wollen Sie wissen, ob mir das egal ist? Ja, das ist mir egal.»

Hören Sie, Sheriff, sagt Emory. *Hören Sie, Sheriff,* sagt Mr. Tracy. Hören Sie dies und hören Sie jenes. Diese wichtigen Figuren sind ganz groß im Hinweisen. Wenn die *Hören Sie* sagen, sollte man aufpassen. Man sollte sich ganz langsam weitertasten. Denn der Typ, der einem sagt, man soll hören, will gar nicht, dass man was hört. Er will, dass man denkt, er ist ein ehrlicher Mann, der geradeheraus sagt, was Sache ist, und der, wenn er *Hören Sie* sagt, die reine Wahrheit spricht. Aber das tut er eben nicht. Nie. Er sagt *Hören Sie,* aber er meint *Hören Sie nicht.*

«Können Sie mir folgen, Sheriff?», sagte Emory. «Ich sage Ihnen, dass ich genauso viel weiß wie Sie. Ich kann Ihnen nicht helfen. So gern ich's täte – ich kann einfach nicht. Und jetzt … ich weiß ja, wie viel Sie zu tun haben.»

«Ich hab nicht viel zu tun. Eigentlich gar nichts. Nur die Ruhe, ich hab den ganzen Tag Zeit.»

«Sie vielleicht schon, Sheriff. Ich nicht. Können wir das jetzt beenden?»

Ich stand auf. Emory blieb hinter seinem Schreibtisch sitzen und reichte mir nicht die Hand.

«Schönen Tag noch, Sheriff», sagte er.

Tja, auf Emorys Stimme konnte ich wohl nicht mehr rechnen. Nicht zu ändern. Aber ich trage es ihm nicht nach. Emory ist natürlich Geschäftsmann. Er ist im Immobiliengeschäft. Das heißt, er ist ein wertvoller Mann. Das Immobiliengeschäft ist in dieser Gegend sehr wichtig und wird immer wichtiger. Alles in allem ist das gut. Allerdings bringt es Leute wie Emory mit sich, große Hinweiser und Menschen, die eine sehr hohe Meinung von sich haben, obwohl nicht immer leicht zu erkennen ist, worauf – abgesehen vom Geld – sich diese hohe Meinung eigentlich gründet. Die großen Hinweiser sind … wie nennt man den schlechten Teil von etwas Gutem? Die Kehrseite. Sind zehntausend Emory O'Connors eine Kehrseite? Und ob.

Aber alles in allem danke ich Gott für Immobilien. Wie es aussieht, sind die nämlich so ziemlich das Einzige, was wir hier noch haben und für das die Leute noch ernsthaft Geld ausgeben wollen. Die anderen guten Sachen, die sie uns früher abgekauft haben – Milch, Kühe, Werkzeugmaschinen, Holz, Schafe, Reitpferde, Wolle und so weiter –, kaufen sie jetzt woanders, aber es sind noch immer eine Menge Immobilien da, und die wollen die Leute haben. Und es werden mit jedem Tag mehr Immobilien, und wir verkaufen sie, was das Zeug hält. Wie es aussieht, geht's mit Immobilien immer nur aufwärts.

Im Büro fand ich eine Nachricht von Clemmie vor: Ich solle ihren Vater anrufen. Was brachte Addison dazu, am Samstag zu arbeiten? Wenn er das tatsächlich tat, war er vielleicht auf etwas gestoßen. Normalerweise widmete Addison sich an den Wochenenden der Verkostung seiner Spirituosen.

«Es geht um deine Frage nach einem Grundbucheintrag»,
sagte er, als ich ihn anrief.

«In der Sache bin ich auch ein bisschen weitergekommen»,
sagte ich.

«Weiter? Wie?»

«Ich habe heute Morgen mit Emory geplaudert», sagte ich.
«Er sagt, der Eigentümer des Hauses ist eine Art Investmentgesellschaft auf den Bermudas. Odessa. Odessa Partners.»

«Tja», sagte Addison. «Ja. Odessa gehört auch dazu. Das sind
die Pfadfinder. Als sie Odessa gegründet haben, sind sie noch
mit Stützrädern herumgefahren.»

«Mit Stützrädern?»

«Komm Montag in meine Kanzlei», sagte Addison. «Oder
nein. Lucian? Komm zu mir. Ich bin zu Hause. Jetzt.»

Ich fuhr nach Devon, ging am Haus vorbei in den Garten
und trat durch die Hintertür in die Küche, wo Addison dabei
war, Kaffee zu kochen. Er schenkte zwei Becher ein und zog den
Korken aus der großen Flasche White Horse Scotch, die er immer gern in Reichweite hat. Er hielt die Flasche über meinen
Becher, doch ich schüttelte den Kopf. Er gab einen ordentlichen
Schuss in seinen Kaffee.

«Das brauche ich jetzt, weiß Gott», sagte er. «Du und dein
verdammter Grundbucheintrag.»

Wir saßen am Küchentisch, auf den Addison einen prall mit
gelben Notizzetteln gefüllten Ordner gelegt hatte. Er tätschelte
ihn.

«Wenn du willst, schreibe ich dir eine Zusammenfassung»,
sagte er, «aber das wäre eigentlich sinnlos. Und ich will jetzt gar
nicht versuchen, es dir zu erklären. Wir würden beide einschlafen. Das hier ist ein russischer Roman.»

«Ich hab noch nie einen russischen Roman gelesen», sagte ich.
«Ich weiß nicht, was du damit meinst.»

«Tausende von Seiten, Hunderte von Menschen, die alle denselben Namen haben und in Städten mit denselben Namen leben und allesamt dieselben Sachen machen. Das ist ein russischer Roman.»

«Okay», sagte ich.

Addison nahm einen Schluck Kaffee.

«Im Rathaus von Grenada musste ich nicht lange suchen», sagte er. «Der Grundbucheintrag lautet auf Odessa Partners. Dann bin ich wieder hergefahren und hab sie unter die Lupe genommen und verfolgt: von den Bermudas zu den Caymans und weiter, kreuz und quer durch die Karibik, wie bei einer dieser verdammten Sauf-Kreuzfahrten. Schließlich bin ich in Amsterdam gelandet.»

«Amsterdam?»

«Bei einer holländischen Gesellschaft. Ich dachte: Hmmm … Also hab ich einen alten Kommilitonen angerufen, der in Den Haag arbeitet. Ich weiß nicht, was er da eigentlich genau macht und welche Funktion er hat. Ich weiß nicht mal, ob er selbst es weiß. Aber er kannte diese holländische Gesellschaft und konnte mir einen Rat geben.»

«Und der wäre?»

«Vergiss es. Hör auf. Wende dich anderen Dingen zu. Geh weg. Finde ein anderes Hobby.»

«Warum?»

«Ich habe das nicht weiterverfolgt», sagte Addison. «Ich weiß nicht, ob ich das überhaupt könnte oder ob mein ehemaliger Kommilitone es könnte. Aber das spielt keine Rolle. Ich bin raus. Und du solltest dich ebenfalls zurückziehen. Das Haus, in das eingebrochen wurde, gehört Ausländern, die ihre Geschäfte hauptsächlich in Russland, im Baltikum und südlich der russischen Grenze machen: im Kaukasus und im Iran. Eine harte Gegend, Lucian, wo alles Mögliche passieren kann. Um die macht man lieber einen Bogen. Und die Leute, die dort leben, sind ebenfalls hart – um die sollte man ebenfalls einen Bogen machen.»

«Was tun die denn so?»

«Sie machen Geschäfte. Es sind begabte Menschen, diese Russen, aber sie machen keine halben Sachen. Und außerdem sind sie natürlich allesamt ziemlich verrückt. Die Russen, musst du wissen, behaupten von sich, nach uns, den Japanern und den Franzosen das viertverrückteste Volk der Welt zu sein, aber ich wäre nicht überrascht, wenn sie die Franzosen in einem fairen Wettkampf schlagen würden.

Diese Leute in Grenada», fuhr Addison fort, «sind hauptsächlich in der Energiebranche tätig. Frag mich nicht, was das genau heißt. Ich weiß es nämlich nicht. Aber heutzutage ist die Energiebranche das, was früher, in Chicago zum Beispiel, die Schnapsbranche war. Du verstehst, was ich meine?»

«Ich verstehe, was du meinst», sagte ich. «Und warum soll ich mich anderen Dingen zuwenden?»

«Warum nicht?», sagte Addison. «Du hast in dieser Sache kein Pferd am Start, oder? Du bist eigentlich nicht betroffen. Jemand ist irgendwo eingestiegen, hat dies und das kaputtgemacht und ist verschwunden. Na und? Das passiert doch jeden Tag.»

«Da ist aber noch was», sagte ich. Ich erzählte Addison von Sean, dem fehlenden Safe und dem Russen, den Sean verprügelt hatte.

«Sean Duke?», fragte Addison.

«Kennst du ihn?»

«Jeder kennt Sean Duke.»

«Jeder?»

«Jeder, Lucian. Er ist ein beliebter junger Mann. Komm, nimm einen Kleinen.» Er schob mir die Flasche zu, aber ich wollte nicht. Addison gab noch einen Schuss in seinen Kaffee.

«Wenn du ihn findest», sagte Addison, «dann sorg dafür, dass er von hier verschwindet. Wenn er etwas hat, das diese Leute haben wollen … Wissen sie, dass er den Safe hat?»

«Sie haben diesen Russen geschickt, damit er ihn holt.»

«Das weißt du nicht genau.»

«Es gibt einen Einbruch in ein Haus, das lauter Russen gehört. Ein paar Tage später taucht ein Russe auf und sucht nach dem Einbrecher. Ganz schön viele Russen. Und das hier ist nicht Moskau.»

Addison nickte. «Tja, ich kann nur sagen: Schaff deinen Jungen weg.»

«Meinen Jungen?», sagte ich. «Er ist nicht mein Junge.»

«Bist du dir da sicher?»

«Allerdings.»

«Schaff ihn trotzdem weg», sagte Addison. «Bring ihn irgendwo unter.»

«Wenn er so weitermacht», sagte ich, «werde nicht ich ihn unterbringen, sondern der Staat.»

«Nein», sagte Addison. «Das wäre schlecht. Dann wäre er im Gefängnis. Das wäre so, als würde man ihn diesen Leuten auf einem Präsentierteller servieren, mit einem Apfel im Mund. Er muss von hier verschwinden, Lucian. Mach, dass er verschwindet.»

«Dazu muss ich ihn erst mal finden.»

«Da kann ich dir nicht helfen. Was war in dem Safe, den er mitgenommen hat?»

«Unterlagen, hat der Typ gesagt. Geschäftsunterlagen.»

«Genau», sagte Addison. Er nahm einen Schluck Kaffee – sofern man das, was in seinem Becher war, tatsächlich noch als Kaffee bezeichnen konnte.

«Kosaken», sagte Addison.

«Was?»

«Kosaken. Du solltest diesen Jungen schnell finden, Lucian. Du solltest ihn finden, bevor die Kosaken es tun. Verdammte Kosaken.»

Ich besuchte Morgan Endor in ihrem Haus an der kleinen Straße in Mount Zion, die vom Skihotel auf dem Stratton hinunter ins Tal führt. Es war kein großartiges Haus, kein Russenhaus – eher eins von denen, die Baufirmen und Architekten damals, als die PR-Leute der Tourismusbranche einem weismachen wollten, dass man für sein Geld ein Stück Schweiz und nicht, wie heute, ein Stück Las Vegas kriegt, gern als «Chalet» bezeichneten.

Auf mein Klopfen öffnete sie, stand in der Tür und sah mich an, als wüsste sie nicht, wer ich war. Vielleicht der Typ, der die Sickergrube auspumpte, nur dass sie den gar nicht bestellt hatte.

«Sheriff», sagte sie schließlich.

«Genau, Miss Endor», sagte ich. «Kann ich reinkommen? Es dauert nicht lange. Ich suche Sean.»

«Er ist nicht hier.»

«Ich weiß.»

Sie trat beiseite.

Es war ein langer Raum mit einem offenen Kamin und einem Ausblick über die Berge im Süden. Die Sonne schien durch die Fenster auf den Teppich, wo eine große getigerte Katze lag und schlief. Sie machte keine Anstalten, sich zu erheben, als wir eintraten. Wir mussten um sie herumgehen.

«Eine sehr gelassene Katze», sagte ich.

Morgan Endor blieb stehen und musterte das Tier, als hätte sie es bisher gar nicht bemerkt.

«Finden Sie?», sagte sie. «Wahrscheinlich haben Sie recht. Eigentlich gehört sie meinen Eltern.»

Sie setzte sich auf das Sofa gegenüber dem Fenster. In dem harten Licht sah sie älter aus, als ich sie bei ihrem Besuch im Sheriffbüro geschätzt hatte: eher fünfundvierzig als fünfunddreißig. In den Augenwinkeln zeigten sich die ersten Falten, und ihr Hals wurde sehnig. Wie es aussah, vergriff sich Sean nicht gerade an einer Minderjährigen.

«Ich will Ihnen keine Märchen erzählen, Sheriff», sagte sie. «Sean war hier. Gestern Nacht. Ich habe ihm gesagt, dass Sie mit ihm reden wollen. Ich habe ihm gesagt, Sie glauben, dass er in irgendwelchen Schwierigkeiten ist. Er hat gelacht.»

«Wann ist er gegangen?», fragte ich sie.

«Gegen acht.»

«Gestern Abend um acht?»

«Heute Morgen um acht.»

«Wo wollte er hin?»

«Weiß ich nicht.»

«Miss Endor», sagte ich, «es geht um Folgendes: Sean hat Reparaturarbeiten an einem großen Haus in Grenada ausgeführt. Es ist ein Ferienhaus, meistens ist niemand da. Wir glauben, dass Sean dort eingebrochen ist und nach Wertsachen gesucht hat.»

Morgan Endor sah mich an. Sie hob die Augenbrauen, nur ein kleines bisschen. «Reden Sie weiter, Sheriff», sagte sie.

«Wir kennen Sean», sagte ich. «Wir wissen, dass er nicht bei den Pfadfindern ist. Wir wissen, dass er an dem Haus gearbeitet hat. Er hat die Lage gepeilt: niemand da, keine Nachbarn, reiche Leute mit viel teurem Zeug. Wir wissen, dass er wusste, dass es eine Alarmanlage gibt, aber auch, dass das Haus so abgelegen ist, dass zwischen dem Auslösen des Alarms und dem Eintreffen der Polizei jede Menge Zeit vergeht. Er brauchte gar nicht auszuknobeln, wie er die Alarmanlage ausschalten könnte – er konnte einfach mit roher Gewalt einbrechen, und das hat er dann auch getan.»

«Mal angenommen, das stimmt – warum erzählen Sie es mir?»

«Sie sind seine Freundin.»

«Das habe ich nicht gesagt. Ich habe gesagt, er ist ein Bekannter.»

«Das haben Sie. Und ich habe gesagt, dass ich ihn sprechen muss und dass er in Schwierigkeiten ist. Ich muss ihn noch immer sprechen, und er ist noch immer in Schwierigkeiten.»

«Ist er das?», sagte sie. «Ich habe da gewisse Zweifel. Können Sie irgendetwas von dem, was Sie gerade gesagt haben, beweisen?»

«Nein», sagte ich, «das kann ich nicht. Das ist es ja gerade: Von mir hat Sean eigentlich nichts zu befürchten, denn dazu müsste ich Beweise haben. Aber in dieser Sache sind noch ganz andere Leute aktiv und können tun, was sie wollen.»

«Was für andere Leute?»

«Die Leute, denen das Haus gehört, in das Sean eingestiegen ist.»

«Und wer sind die?»

«Das weiß ich nicht genau. Ich hab schon versucht, es herauszufinden, und kann nur sagen: Es sind sehr üble Typen. Sie wissen, dass Sean es war. Wenn sie ihn kriegen, werden sie keine Beweise brauchen, um zu tun, was sie tun müssen. Verstehen Sie, was ich damit meine?»

«Ja, Sheriff, ich verstehe, was Sie meinen. Aber selbst wenn Sie, was Sean betrifft, recht haben, ist das doch eine Sache für die Polizei. Für Sie. Warum sollten diese Leute denken, dass sie irgendwas unternehmen müssen?»

«Weil Sean etwas mitgenommen hat. Eine Art kleinen Safe, eine Kassette oder so was. Die sind nicht scharf darauf, dass die Polizei das Ding in die Hände kriegt, und würden einiges tun, um es zurückzubekommen. Die würden eine ganze Menge tun. Wissen Sie irgendwas davon?»

«Bestimmt nicht», sagte Morgan Endor. «Was ist denn darin, das Ihren Leuten so wahnsinnig wichtig ist?»

«Es sind nicht meine Leute», sagte ich. «Und ich weiß nicht, was darin ist. Sie sagen es mir nicht.»

«Und Sie glauben, dass der Mann, mit dem Sean sich geprügelt hat, von denen geschickt worden ist?»

«Allerdings.»

Sie lächelte. «Aber mit dem hat Sean nicht viele Schwierigkeiten gehabt, oder? Soviel ich weiß, war er nackt an einen Baum gebunden, als Sie ihn gefunden haben. Sean ist ganz gut mit ihm zurechtgekommen, finden Sie nicht?»

«Er hatte Glück.»

«Er ist eben ein junger Mann, der Glück hat.»

«Finden Sie?»

«Ich glaube, Sie machen sich zu viele Sorgen um ihn», sagte sie.

«Um Sean? Nein, ich mache mir keine Sorgen um Sean. Ich mache meinen Job.»

«Tun Sie das, Sheriff?»

«Ja, das tue ich.»

«Tja», sagte sie, «dann machen Sie sich vielleicht zu viele Sorgen wegen dieser anderen Leute.»

«Das glaube ich nicht», sagte ich. «Ich hab den Typen gesehen. Und die Waffe, die er dabeihatte. Sie haben sie ebenfalls gesehen. Ich mache mir Sorgen, wenn Leute Waffen mit sich herumtragen. Sie nicht?»

Sie zuckte die Schultern.

«Ich mache mir Sorgen, weil da meistens nicht bloß einer kommt», sagte ich.

Wieder lächelte Morgan Endor. «Sean kann auf sich aufpassen», sagte sie.

Sean kann auf sich aufpassen? Irrtum. Nicht einen Tag, nicht eine Stunde lang. Sean kann vieles. Er kann Dächer reparieren. Er kann einen fünfzig Kilo schweren Blumentopf durch eine Terrassentür werfen. Er kann einen Safe klauen. Er kann mit einem importierten Bösewicht den Boden wischen. Er kann seiner Fotografin in ihrem Chalet die ganze Nacht sein reiches Innenleben offenbaren, aufstehen, eine Tasse Kaffee trinken, zum Trailerpark fahren und mit dem Schätzchen der Studentenverbindung die Puppen tanzen lassen. Das alles kann Sean. Aber auf sich aufpassen, das kann er nicht.

Morgan Endor dagegen war der Meinung, er könne es — jedenfalls sagte sie das. Wenn sie das wirklich glaubte, lag sie falsch. Allerdings wirkte sie nicht wie jemand, der oft falsch lag. Ich wurde aus Morgan Endor nicht ganz schlau. Ich wurde weder aus ihrem Namen noch aus ihrem Alter schlau. Ich war nicht aus ihr schlau geworden, als sie mit der Hose des Russen in mein Büro gekommen war, und jetzt wurde ich ebenso wenig aus ihr schlau. Ich verstand nicht, wie sie tickte. So was kann passieren beim Sheriffsein. Man wird nicht immer aus allen schlau. Manche Leute versteht man nie.

Als ich abends nach Hause fuhr, dachte ich an Addison und seine russischen Romane. Der gute alte Addison zauberte immer irgendwas aus dem Hut, das man noch nicht kannte. Aber wer immer diese Grenada-Russen waren — sie stammten nicht aus irgendeinem Roman, und wie es aussah, hatten sie Addisons volle Aufmerksamkeit. Er hatte ziemlich besorgt gewirkt.

Vielleicht lag das aber auch am Scotch. Ich fragte mich, ob

ich Clemmie sagen sollte, dass ihr Vater das Zeug vielleicht etwas schneller als sonst in sich hineinschüttete. Würde das irgendetwas besser machen? Ich hatte schon so gut wie beschlossen, den Mund zu halten. Aber das spielte dann keine Rolle mehr, denn als ich nach Hause kam, war Clemmie nicht da.

DIE KOSAKEN

Sonntagnacht oder vielmehr Montagmorgen kam Schwung in die Sache. Jedenfalls ein bisschen. Kurz nach drei rief Errol mich zu Hause an und sagte, aus Monterey sei eine Beschwerde wegen Ruhestörung in einem der Trailer dort gekommen, in dem Trailer von Crystal Finn. Ein Streit oder eine Party, vermutete Errol, wahrscheinlich beides. Er hatte es an Deputy Keen durchgegeben, der in der Gegend auf Streife war und mal nachsehen wollte. Ein paar Minuten später hatte Errol einen zweiten Anruf bekommen. Inzwischen waren Schüsse gefallen, und er hatte beschlossen, mich anzurufen.

Gegen Viertel vor vier war ich dort. Errol musste jeden Knopf auf dem Funktisch gedrückt haben, denn bis auf die Heilsarmee waren so ziemlich alle da. Ich sah State Police, ein paar meiner Deputys, Sanitäter, die freiwillige Feuerwehr und zwei Tierfänger aus Brattleboro.

Die Scheinwerfer der Fahrzeuge beleuchteten die Seite des Trailers und den kleinen Vorplatz. Man sah, dass die Tür aufgebrochen war und überall Glassplitter herumlagen. Auf den Hohlblocksteinen vor der Tür war etwas Blut. Ich ging hinein.

Drinnen war das Schätzchen der Studentenverbindung von Polizisten und Sanitätern umringt. Crystal Finn war etwas wacklig auf den Beinen, im Übrigen aber unversehrt. Sie trug einen Bademantel, saß, ein Bier in der Hand, auf dem Sofa und erzählte ihre Geschichte zum zehnten Mal.

Deputy Keen war bei ihr. Als er mich in der Tür stehen sah,

kam er zu mir und wies mit dem Kinn nach draußen. Wir gingen hinaus, und er erzählte mir, was passiert war.

Es war eine bemerkenswerte Geschichte, das muss ich sagen. Wie es aussah, hatte Crystal Finn tief und fest geschlafen, als sie gegen drei Uhr von einem lauten Donnern und Krachen geweckt wurde und feststellte, dass zwei Männer dabei waren, ihre Tür einzutreten. Sie war allerdings nicht die Einzige, die aufwachte, und das war Pech für die Eindringlinge, denn als der erste seinen Fuß in den Trailer setzte, stürmte Jackson, Crystals hundert Kilo schwerer Mastiff-Wolf-Alligator-Mischling, aus dem Schlafzimmer und stürzte sich auf die Einbrecher. Die beiden rannten zu ihrem Wagen, der vor dem Eingang stand, der Hund hinterher, und dann war auch Crystal da, in einem schwarzen Nachthemd und mit einer alten doppelläufigen Flinte. Der Hund kriegte den hinteren Einbrecher am Arm zu fassen, doch der konnte sich losreißen und in den Wagen springen, den der andere gerade anließ, und das war der Augenblick, in dem Crystal die Flinte abfeuerte, erst den einen Lauf, dann den anderen. Sie sagte, sie habe wahrscheinlich den Fahrer erwischt – vielleicht aber auch nicht, denn er gab Gas, und weg waren sie. Sie war aber ganz sicher, dass der Wagen keine Heckscheibe mehr hatte. Irgendein Nachbar hatte die Polizei gerufen, aber nun war alles vorbei. Crystal ging es gut. Dem Hund ebenfalls.

«Sie ist schon eine Nummer, was?», sagte Deputy Keen.

«Könnte man sagen.»

«Verwundet und mit zerschossenem Heck werden die nicht weit kommen», sagte Lyle.

«Wissen wir denn, wer die waren?»

«Noch mehr Russen, Sheriff. Kommen Sie, ich zeig Ihnen was.»

Wir gingen zu einem der Streifenwagen der State Police, und

er öffnete die Tür. Auf dem Beifahrersitz lag ein großer Beweismittelumschlag aus durchsichtigem Plastik, in dem ein Stück Stoff war.

«Das stammt von der Jacke des einen», sagte Lyle. «Jackson hat sie zerrissen, als er den Kerl am Arm gepackt hat. Da ist eine Innentasche mit einem Pass, einem französischen Pass auf den Namen Vaseline Soundso.»

«Vaseline?»

«Vaseline, Sheriff. Irgendein russischer Name. Außerdem sind lauter russische Stempel drin. Ich war der Erste, der hier war, da lag die Jacke auf der Erde. Ich hab sie den Jungs von der State Police gegeben.»

«Haben Sie noch irgendwas gefunden?», fragte ich ihn.

«Ein paar Finger.»

«Finger?»

«Jackson hat ihn anscheinend ganz schön in die Mangel genommen.»

«War Sean bei der jungen Dame, als diese Vögel aufgekreuzt sind?», fragte ich ihn.

«Crystal sagt: nein», sagte Deputy Keen. «Und damit sind wir wieder bei dem, um den es die ganze Zeit geht, Sheriff: Sean Duke. Superboy. Wann wollen Sie endlich was unternehmen?»

«Was hat er denn mit dem hier zu tun? Das war jedenfalls nicht Sean.»

«Aber es war wegen ihm», sagte Lyle. «Die sind hierhergekommen, um ihn zu finden. Er ist der Grund, warum die hier waren. Das wissen Sie so gut wie ich.»

«Stimmt», sagte ich, «das weiß ich so gut wie Sie. Und ich weiß auch, dass wir ihn nie finden werden, wenn diese Burschen ihn vor uns finden.»

«Wär mir auch recht», sagte der Deputy.

«Aber mir nicht», sagte ich.

«Was wollen Sie eigentlich mehr, Sheriff?», sagte der Deputy. «Ein Verbrechen aufklären, von dem Sie wissen, dass Superboy es begangen hat, oder ihm die Russen vom Hals halten?»

«Beides.»

«Das kapiere ich nicht, Sheriff.»

«Sie müssen es auch nicht kapieren, Deputy», sagte ich. «Sie müssen nur Ihre Befehle ausführen.»

«Was für Befehle denn?», sagte Lyle. «Ich hab keine Befehle. Ich *will* ja Befehle. Ich will bloß, dass Sie Ihren Job erledigen oder mich wenigstens meinen erledigen lassen. Und das heißt: Superboy zur Strecke bringen. Oder etwa nicht?»

Zwei andere Deputys und einige der Sanitäter, die im Trailer gewesen waren, standen jetzt vor der Tür und hörten Deputy Keen, der die Stimme erhoben hatte. Ich hatte keine Lust, mich vor Publikum mit ihm zu streiten.

«Mir scheint», sagte ich, «dass es im Augenblick Ihr Job ist, die beiden Kerle zu finden, die hier waren, bevor sie sich nach Russland absetzen, während wir hier stehen und uns gegenseitig auf die Schuhe pinkeln. Meinen Sie nicht auch?»

«Wenn Sie es sagen, Sheriff», sagte Deputy Keen.

«Na, dann machen Sie sich mal an die Arbeit. Sie wollen einen Befehl? Jetzt haben Sie einen. Sie wollen Ihren Job erledigen? Erledigen Sie ihn.»

Deputy Keen drehte sich um, ging zu seinem Streifenwagen und ließ sich dabei so viel Zeit, wie er brauchte, und vielleicht noch ein bisschen mehr. Dann fuhr er davon. Wieder ein zufriedener Kunde ... Die anderen, die vor dem Trailer des Schätzchens standen, sahen mich an. Es wurde hell.

Ob Sie es glauben oder nicht: Wir haben sie nie gefunden. Man sollte meinen, dass zwei Russen, der eine mit einer halb abgebissenen Hand, der andere möglicherweise mit Schussverletzungen, unterwegs in einem Wagen mit zerschossener Heckscheibe und einer von Rehposten durchlöcherten Karosserie eine gewisse Aufmerksamkeit erregen würden, oder? Hätte ich jedenfalls angenommen. Aber keiner hat einen der beiden je wiedergesehen – jedenfalls bis jetzt nicht.

Die Spur des einen, der seinen Pass verloren hatte, konnte man natürlich zurückverfolgen. Lieutenant Farabaugh, mein Fenster zur Welt des internationalen Verbrechens, überprüfte ihn noch am selben Tag. Der Inhaber des Passes hieß Wassili Karatajew und war 1969 in Riga geboren. Französischer Staatsbürger. Er hatte in etwa dasselbe Vorstrafenregister wie sein nackter Kollege, mit dem Unterschied, dass er nicht nur in praktisch jeder Stadt Europas verhaftet worden war, sondern obendrein auch in New Delhi im Knast gesessen hatte.

Mit Hilfe des Passes fand Dwight auch heraus, welchen Wagen die Kosaken fuhren. Wassili hatte ihn einen Tag, bevor die beiden hier aufgetaucht waren, am Kennedy Airport in New York gemietet. Aber das war dann auch schon alles, was man über den Wagen herausfinden konnte. Auch er war verschwunden. Etwa zwei Jahre später fand man ihn in Detroit auf einem Parkplatz am Fluss. Dort war er niemandem aufgefallen, vielleicht weil die Hälfte der Wagen in Detroit so voll Blut und Rehpostenlöcher sind wie der dieser beiden Kosaken.

DIE SEANS DIESER WELT

Addison hat einmal was Kluges gesagt. Also, er hat nicht nur einmal was Kluges gesagt – er ist, wie ich hoffentlich deutlich gemacht habe, ein kluger Mann. Aber ich denke dabei besonders an ein bestimmtes Mal: als Clemmie und ich erfahren haben, dass wir keine Kinder bekommen würden.

Das war nicht leicht. Wir waren seit fünf, sechs Jahren verheiratet und gingen auf die übliche Weise zu Werke, ohne irgendeinen Zeitplan. Wir nahmen einfach an, dass dabei irgendwann ein Kind herauskommen würde. Tat es aber nicht. Schließlich beschloss Clemmie, zum Arzt zu gehen und ihre Fruchtbarkeit untersuchen zu lassen. Ergebnis: Sie ist spitzenklasse. Clemmie sitzt auf mehr Eiern als Omas beste Legehenne.

Jetzt war der Ball in meiner Hälfte. Und siehe da: Das Problem war ich. Wie sich herausstellte, hatten meine Spermien viel mit den ausgemergelten Vermonter Farmern meiner Kindheit gemein: Sie waren wenige, kamen kaum über die Runden und hatten nie schwimmen gelernt.

Also keine Kinder. Es dauerte eine Weile, bis ich mich an den Gedanken gewöhnt hatte. Rückblickend würde ich sagen, dass es länger dauerte, als einer von uns gedacht hatte. Um rauszukriegen, was man wirklich will, braucht man nur zu erfahren, dass man es nicht haben kann. Die Dinge zwischen uns entwickelten sich nicht ganz so, wie wir gedacht hatten. Haben wir damals viel darüber gesprochen? Haben wir deutlich ausgesprochen, was es für jeden von uns bedeutete und wie wir uns dabei fühlten? Ich kann mich nicht an solche Gespräche erinnern. Was mich betrifft, so habe ich wohl gedacht: Na gut, das sind die Karten, die dir das Schicksal zugeteilt hat – es ist, wie es ist. Und Clemmie? Für sie war es vielleicht schwerer – wahrscheinlich war es schwerer. Wir sind verschieden, nicht? Wir unterscheiden uns voneinander. Das macht es ja so interessant. Das macht es so schön, wenn es schön ist, aber auch so schwierig, wenn es schwierig wird. Wie gesagt: Clemmie nimmt das Leben manchmal zu ernst.

Aber ich wollte von Addison erzählen. Clemmie und ich sprachen vielleicht nicht so viel über Kinder, aber praktisch alle anderen taten es eben doch, unter anderem Clemmies Cousinen. Eines Tages saßen wir alle nach dem Mittagessen bei Addison am Tisch und unterhielten uns über Spermien und Eier und Hormone und all diese faszinierenden Sachen, und mit einem Mal sagte eine von Clemmies Cousinen: «Habt ihr eigentlich mal über eine Adoption nachgedacht?»

Und Addison, der vermutlich schon wieder auf seinem White Horse unterwegs war, lachte und sagte: «Warum sollten sie?» Und dann sah er mich an und fuhr fort: «Er hat doch schon das ganze County adoptiert.» Guter alter Addison.

Also: Deputy Keen sagt, dass ich meinen Job nicht mache und dass ich Sean einen Freifahrtschein gebe. Tue ich das? Vermutlich. Tue ich es, weil Addison das gesagt hat? Ist Sean für mich ein Spezialfall? Fasse ich ihn mit Samthandschuhen an, weil ich insgeheim finde, er gehört zu mir? Niemals. Sean gehört nicht zu mir. Ich will ihn nicht, und er will mich nicht. Wenn ich ihm Spielraum lasse – und das tue ich –, dann, weil das meine Methode ist. Das ist Sheriffsein. Als Sheriff verhindert man nicht, dass irgendwas passiert. Man weiß, dass man das meist sowieso nicht kann, also versucht man's gar nicht erst. Die Leute tun, was sie tun wollen. Man lässt es geschehen. «Lass sie zu dir kommen», wie Wingate immer sagte.

Damit meinte er die bösen Buben. Lass die bösen Buben zu dir kommen. Der Gedanke dahinter ist: Halt ein bisschen die Hand über sie, so dass sie etwas Spielraum und Zeit haben, ihren Kram zu sortieren und die Kurve zu kriegen. Letztlich soll aus einem bösen Buben ja ein Steuerzahler mit ein paar guten und zwei, drei anderen Geschichten werden, an die er sich nur mit einem Kopfschütteln erinnert, und nicht ein Sträfling in irgendeinem Gefängnis.

Wenn man beruflich mit bösen Buben zu tun hat, ist man gewissermaßen Naturschützer, denn böse Buben sind eine gefährdete Art und werden immer seltener, jedenfalls die altmodische Sorte, zu der Sean gehört. Wie gesagt: Ohne die Seans dieser Welt wären die jungen Burschen in dieser Gegend allesamt Bankangestellte, Vertreter und Leute, die irgendwas mit Computern machen – sie wollen bedeutend sein, sie wollen wie Logan Tracy und Emory O'Connor sein.

Natürlich gibt es böse Buben, bei denen Wingates Methoden versagen. Es gibt welche, die nicht zu einem kommen und die Kurve nicht kriegen, niemals. Aber das setzt man nicht voraus. Man versucht einfach, diese Methode auch bei Sean anzuwenden. Jedenfalls so lange, bis man es aufgibt. Dann stellt man sich auf den harten Standpunkt, auf den gewachsenen Felsen des Gesetzes, dorthin, wo Deputy Keen seine Arbeit machen will. Dann sagt man, dass man die Aufgabe hat, das Recht zu vertreten und ihm Geltung zu verschaffen, und wenn man das will, gibt es letztlich nur eins. Ein Trooper trägt es am Gürtel, ein Sheriff wie Wingate oder ich bewahrt es in der verschlossenen Strumpfschublade auf. Aber man hat es, man weiß, wo es ist, wie man es benutzt und dass man es benutzen darf, und alle anderen wissen es ebenfalls.

Würde Sean uns dazu bringen, diesen harten Standpunkt einzunehmen? Ich glaubte es nicht. Und dieses Mal hatte ich recht. Denn wie es sich ergab, war nicht ich es, der Sean erwischte. Er erwischte mich.

Und dabei stellte er sich sogar ziemlich geschickt an: Er erwischte mich, als ich nicht im Büro und kein bisschen im Dienst war. Clemmie machte irgendwas in der Küche und hatte nicht genug Zucker. Ob ich mal eben welchen besorgen könne? Also setzte ich mich in ihren kleinen Wagen und fuhr zum Laden. Es wurde gerade dunkel. Ich parkte vor dem Laden, ging hinein, nahm eine Tüte Zucker, bezahlte, ging wieder hinaus und stieg in den Wagen. Sean war auf dem Rücksitz. Oder vielmehr: Er duckte sich auf dem Rücksitz, so dass ich ihn erst bemerkte, als er etwas sagte.

«'n Abend, Sheriff», sagte Sean.

«Herrgott!»

«Immer mit der Ruhe, Sheriff.»

«Ich hätte dich erschießen können», sagte ich.

«Aber Sie tragen keine Waffe», sagte Sean.

«Das wusstest du nicht.»

«Das weiß jeder. Lassen Sie uns ein bisschen rumfahren, Sheriff.»

«Wohin?»

«Mir scheißegal. Fahren Sie einfach los.»

Wir ließen den Laden hinter uns, und ich bog rechts ab und fuhr den Berg hinauf.

«Ich hab Ihnen doch gesagt, Sie sollen mir keine Itaker mehr schicken, Sheriff», sagte Sean. «Ich hab Ihnen doch 'n Brief geschrieben. Da stand das drin, oder etwa nicht?»

«Ich kann sie nicht schicken oder zurückpfeifen», sagte ich. «Wenn du sie vom Hals haben willst, musst du mir helfen.»

«Quatsch», sagte Sean. «Die hatten's auf meine Süße abgesehen. Weil sie nicht die Eier haben, sich mit mir anzulegen, nach dem, was ich mit dem anderen Sackarsch gemacht hab.

Also wollten die sie in die Mangel nehmen. Scheiß auf sie. Die können mich mal.»

«Du hörst mir nicht zu», sagte ich. «Weißt du überhaupt, warum die dich suchen?»

«Mir doch scheißegal», sagte Sean. «Sollen sie mich doch finden. Sollen sie doch kommen.»

Mit Sean zu reden war, als würde man mit einem bellenden Hund reden – nur dass ein Hund, der intelligent genug ist zu bellen, schon ein Stück intelligenter ist als Sean.

«Okay», sagte ich. «Warst du im Trailer, als sie kamen?»

«Scheiße, nein», sagte Sean. «Wenn ich da gewesen wäre, hätten da ein paar tote Itaker rumgelegen.»

«Du redest immer von Itakern. Was meinst du, wer diese Leute sind?»

«Was?»

«Was meinst du, wer hinter dir her ist? Wer die Leute sind, die bei Crystal waren?»

«Die Mafia», sagte Sean. «Die Scheißmafia. Oder etwa nicht?»

«Nein, die sind nicht von der Mafia. Die sind aus dem Ausland. Aus Russland.»

«Russen? Scheißkommunisten?»

«Nein. Die sind keine Kommunisten mehr. Die haben die Seite gewechselt. Wie es aussieht, schon vor einer ganzen Weile.»

«Scheißer.»

«Die sind jetzt wie wir», sagte ich. «Die wollen das, was ihnen gehört, wieder zurückhaben. Und du hast was, das ihnen gehört.»

«Einen Scheiß hab ich», sagte Sean.

Ich fuhr in eine Parkbucht und stellte den Motor ab. Wir waren ganz oben auf dem Paradise Hill, und man konnte weit nach Süden und Westen sehen, in Richtung Gilead. Die Berge waren wie Wellen und lagen, einer hinter dem anderen, im

Abendlicht, während die Sonne versank und in den Tälern da und dort die Lichter angingen, manche näher, andere weiter entfernt.

«Okay», sagte ich zu Sean. «Du wolltest mit mir reden. Dann rede. Sag mir, was du aus dem Haus mitgenommen hast. Sag mir, wo es ist. Ich kann dir helfen. Vielleicht.»

«Ich werd Ihnen gar nichts sagen», sagte Sean. «Ich weiß doch, was dann passiert.»

«Es passiert gar nichts», sagte ich. «Nicht wegen dieser Sache. Nicht jetzt. Du sitzt hier am längeren Hebel. Und du bist auf mich zugekommen. Wenn wir fertig sind, setze ich dich ab, wo du willst, und weg bist du.»

«Woher weiß ich, dass das stimmt?»

«Weil ich es gesagt habe.»

Sean schwieg. Wahrscheinlich dachte er nach, wie er einen Satz bilden könnte, ohne das Wort «Scheiße» zu verwenden. Er brauchte eine Weile, aber schließlich gelang es ihm. «Ich war ja nicht allein», sagte er.

«Wer war noch dabei?»

«Sie», sagte Sean. «Crystal.»

«Ihr seid gemeinsam da eingestiegen?»

«Sag ich doch. Es war ihre Idee.»

«Was habt ihr überhaupt mitgenommen?», fragte ich ihn.

«Also, ich will nicht behaupten, dass ich gar nichts gemacht hab», sagte Sean. «Dass sie es ganz allein war und ich nichts damit zu tun hatte. Scheiße, nein. Ich war's. Ich hab die Tür aufgebrochen. Ich hab da gearbeitet und gesehen, was da rumstand. Das Haus steht am Arsch der Welt, wenn da der Alarm losgeht, interessiert das kein Schwein. Ich hatte die Kombination für die Schranke. Das hab ich Crystal erzählt, und da hat sie gesagt: ‹Komm, das sehen wir uns mal an.›»

«Was habt ihr mitgenommen?»

«So einen kleinen Safe, so 'ne Art Kassette», sagte Sean. «Aus Stahl. Schwer. Crystal hat mal bei einem Typen gearbeitet, der so was hatte. Der hat da drin seine Münzsammlung aufbewahrt. Goldmünzen. Das Ding war nicht festgeschraubt oder so. Wir haben uns gedacht, wir zerlegen ein paar Sachen, machen ein bisschen Unordnung, damit nicht gleich auffällt, dass der Safe fehlt, und dann nehmen wir das ganze Scheißding mit und machen es später auf, wenn wir Zeit und Werkzeug haben, und sehen nach, was drin ist.»

«Und was war drin?»

«Scheiße, wenn ich's weiß», sagte Sean. «Wir haben das Ding nicht aufgekriegt. Erst haben wir den Safe mitgenommen und bei Crystal versteckt. Am Samstag sind wir damit zu ihrem Bruder gefahren. Der hat 'ne Autowerkstatt, die ist am Wochenende geschlossen. Wir haben's mit Brecheisen und Meißeln versucht, sogar mit dem Vorschlaghammer, fast eine Stunde lang. Nichts.»

Sean lachte jetzt.

«Also», fuhr er fort, «bin ich ein paar Tage später zu meinem Onkel Fred nach Humber gefahren. Er hat einen scheißgroßen Magnum-Revolver. Ich hab ihm erzählt, ich brauch ihn, um einen tollwütigen Hund zu erschießen. Fred ist richtig bescheuert. Klar, hat er gesagt und mir den Revolver und 'ne Schachtel Patronen gegeben, und dann sind Crystal und ich in den Wald hinter ihrem Trailer gegangen und haben den Safe auf einen Baumstumpf gestellt. Wir wollten das Scheißding aufschießen. Im Fernsehen machen sie das andauernd.»

«Kann sein. Wie ist es gelaufen?»

«Scheiße ist es gelaufen», sagte Sean. «Peng, peng, peng – wir haben die halbe Schachtel verballert. Nichts. Da war kaum was zu sehen – höchstens ein paar kleine Dellen oder Schmierflecken, wo die Kugeln abgeprallt waren. Große, fette .44er-Magnum-Kugeln. Und im Fernsehen machen sie das die ganze

Zeit. Andauernd werden irgendwelche Schlösser aufgeschossen. Aber bei uns? Gar nichts. Das Scheißding ist nicht mal umgefallen. Crystal war stinksauer.»

«Und dann?»

«Crystal hat gesagt: ‹Scheiß drauf, wir schmeißen das Ding weg›», sagte Sean. «Sie hat mir gesagt, ich soll es von irgendeiner Brücke schmeißen.»

«Und? Hast du das getan?»

«Sie denkt: ja.»

«Wo ist der Safe jetzt?», fragte ich ihn.

«An einem sicheren Ort, Sheriff», sagte er und hielt sich für sehr schlau. «Darum wollte ich mit Ihnen reden. Diese Russen oder was die auch sind, die wollen doch ihren Safe zurück, oder? Ganz dringend sogar, stimmt's?»

«Würde ich sagen.»

«Tja, dann», sagte Sean, «könnten die mich doch dafür bezahlen. Was meinen Sie?»

Ich gab keine Antwort. Ich ließ den Blick über die Berge schweifen und schüttelte den Kopf.

«Darum wollte ich ja mit Ihnen reden», sagte Sean. «Sie arbeiten doch für diese Scheißer, oder? Ich meine, Sie ermitteln. Sie kennen die. Sie können mit denen verhandeln. Sagen Sie ihnen, sie sollen mir ein Angebot machen. Wir geben Ihnen auch was ab.»

«Wir?»

«Ich und Crystal.»

«Ich denke, Crystal denkt, dass du den Safe irgendwo losgeworden bist», sagte ich.

«Auch wieder wahr», sagte Sean. «Ja. Ja, das denkt sie. Okay, dann gebe ich Ihnen eben was ab.»

«Und Crystal soll gar nichts abkriegen?», sagte ich. «Das ist aber ganz schön schofel. Was wird sie dazu sagen?»

«Mir doch scheißegal», sagte Sean. «Scheiß auf Crystal. Die ist schließlich nicht die einzige Frau auf der Welt.»

«Wohl nicht», sagte ich.

«Es gibt noch andere, Sheriff.»

«Klar gibt's die.»

«Mehr als eine», sagte Sean.

«Ach ja?»

«Allerdings. Mehr als eine. Mehr als zwei, Sheriff.»

Ich ließ den Motor an, wendete und fuhr wieder zurück zum Laden.

«Wo ist dein Wagen?», fragte ich Sean.

«Hinter dem Laden», sagte er. «Und? Was sagen Sie?»

«Wozu?»

«Wozu?», fragte Sean. «Zu dem, was wir beredet haben. Zu dem Geschäft. Dem Plan.»

«Oh, dem Plan», sagte ich. «Ich sage, das ist der bescheuertste Plan, seit General Custer die Sioux den Hügel hinunterverfolgt hat.»

«General wer?»

«General Custer. Dein Ururururgroßvater.»

«Ach ja?», sagte Sean. «Tja, auf den scheiß ich auch.»

«Diese Leute werden ihren Safe nicht von dir zurückkaufen», sagte ich zu Sean. «Sie werden deine Eier in einen Schraubstock spannen oder an eine LKW-Batterie anschließen und dich so lange bearbeiten, bis sie dich überzeugt haben.»

«Quatsch», sagte Sean.

«Kein Quatsch», sagte ich. «Die können das. Und sie werden es tun.»

«Sie können's ja versuchen.»

«Du denkst, du bist ein harter Bursche, was?»

«Hart genug», sagte Sean.

«Nicht annähernd», sagte ich.

«Werden wir ja sehen.»

«Nein, werden wir nicht.»

«Scheiße, werden wir doch», sagte Sean. «Warum nicht?»

«Weil du nicht mehr hier sein wirst.»

«Quatsch», sagte Sean. «Soll ich etwa abhauen?»

«Genau. Genau das wirst du tun.»

«Scheiß drauf», sagte Sean. «Sollen die doch machen, was Sie eben gesagt haben. Ich hau jedenfalls nicht ab.»

«Das steht nicht zur Wahl», sagte ich. «Du hast zwei Möglichkeiten: Entweder du verschwindest, und zwar sofort, oder du kriegst es mit mir zu tun. Nicht mit denen. Mit mir.»

«Scheiß drauf», sagte Sean. «Glauben Sie vielleicht, ich hau ab, bloß weil Sie mich darum bitten?»

«Ich bitte dich nicht.»

Ich setzte Sean am Laden ab, fuhr nach Hause und sagte Clemmie, ich sei aufgehalten worden, verriet ihr aber nicht, von wem. Warum sagte ich es ihr nicht? In der Küche stellte ich die Zuckertüte auf die Theke.

«Was ist los?», fragte Clemmie.

«Nichts», sagte ich. «Warum?»

«Ich weiß nicht. Du siehst aus, als wäre irgendwas los. Was hast du?»

«Nichts ist los», sagte ich. «Wann gibt's Abendessen?»

«Noch vor Mitternacht», sagte Clemmie. Ich ging aus der Küche.

Ich habe nie behauptet, der intelligenteste Mensch der Welt zu sein, aber an jenem Abend kam es mir so vor, als wäre mein IQ um fünfundzwanzig bis dreißig Punkte gefallen, nur weil ich zehn Minuten mit Sean im selben Wagen gesessen hatte. Was sollte bloß aus ihm werden? Wenn er so weitermachte, nichts Gutes. Wenn er so weitermachte, würde sein Sturz nicht mal auf dem gewachsenen Felsen des Gesetzes zu Ende sein.

Aber immerhin eins war dabei herausgekommen: Ich wusste jetzt, wo der kleine Safe war. Das glaubte ich jedenfalls. Wenn ich recht hatte, konnte ich die ganze Sache entschärfen und vielleicht dafür sorgen, dass sie sich in Wohlgefallen auflöste – solange Superboy endlich machte, dass er wegkam.

NEGATIV

Tja, er hat's geschafft, wenn auch nur knapp. Drei Minuten später wäre es vielleicht zu spät gewesen. Drei Minuten später, und das hier wäre vielleicht ein ganz anderes Spiel geworden.

Dienstagabend gegen zehn rief Trooper Timberlake mich auf dem Handy an. Er war unterwegs zu Seans Eltern in Afton. Sean war dort. Er lud Sachen in seinen Pick-up und war, wie es aussah, im Begriff, sich aus dem Staub zu machen. Melrose Tidd hatte die State Police angerufen und Sean verpfiffen. Das Sheriffbüro hatte er nicht angerufen. Der Funker der State Police hatte die Meldung an alle Streifenwagen weitergegeben, denn Deputy Keen hatte gesagt, Sean solle im Zusammenhang mit der Schießerei in Monterey vernommen werden. Und darum war jetzt alles, was einen Stern trug, unterwegs nach Afton.

Ich trat aufs Gaspedal und war in zwanzig Minuten da. Trooper Timberlake saß in seinem Streifenwagen, der im Dunkeln neben der Zufahrt zu Melroses und Ellens Haus parkte. Sonst war niemand da, noch nicht.

Timberlake stieg nicht aus. Ich stellte meinen Pick-up hinter seinem Wagen ab und ging zur Fahrertür.

«Ist er noch da?», fragte ich ihn.

«Ihnen auch einen schönen guten Abend, Sheriff», sagte Timberlake. «Korrekt, Sheriff. Er ist da. In der Garage. Er und seine Mutter.»

«Wo sind die anderen alle?», fragte ich. «Ich dachte, hier wimmelt's nur so von Polizisten.»

«Noch unterwegs», sagte Timberlake. «Aber der Funker hat

anscheinend nicht Afton, sondern Grafton gesagt, und darum mussten einige Kollegen umkehren. Aber inzwischen sind alle auf Kurs. Sie werden gleich da sein.»

«Grafton?»

«Richtig, Sheriff.»

«Das ist nicht mal in diesem County.»

«Richtig, Sheriff», sagte Timberlake. «Kleiner Fehler. Kann jedem mal passieren. Wie wollen Sie vorgehen?»

«Ich will allein mit ihnen reden, bevor Army, Navy, Air Force und Marines hier sind», sagte ich. «Können Sie das regeln?»

«Für ungefähr drei Minuten. Mehr Zeit werden Sie nicht haben.»

«Herzlichen Dank.»

«Es ist Ihre Show, Sheriff», sagte Timberlake. «Rufen Sie mich, wenn Sie mich brauchen. Ich bin hier.»

«Danke, Trooper.»

«Ich bin hier und lerne Russischvokabeln», sagte Timberlake.

Wie es aussah, bemühten sich gewisse junge Heißsporne, eine Art Sinn für Humor zu entwickeln, und das war schön, doch ich hatte keine Zeit, das ausgiebig zu würdigen. Ich ging durch die Zufahrt zur Garage. Es brannte Licht, und das Tor stand offen. Sean lud Schachteln und Tüten auf die Ladefläche seines Pick-ups. Ellen saß auf einem Küchenstuhl und sah ihm zu. Sie hielt ein zerknülltes Papiertaschentuch in der Hand und tupfte sich hin und wieder die Augen. Als sie mich bemerkte, stand sie auf und kam mir entgegen.

«Was wollen Sie, Sheriff», sagte sie. «Was wollen Sie denn von uns?»

«Sie wissen, was ich will», sagte ich und nickte in Seans Richtung.

«Er verlässt uns, Sheriff», sagte sie. «Er geht weg. Wollen Sie ihn aufhalten?»

«In ein paar Minuten werde ich das nicht mehr müssen», sagte ich. «Dann ist die halbe Polizei des Countys hier. Die wird ihn aufhalten.»

Sean schloss die Heckklappe und trat hinter seine Mutter.

«Ich bin dann weg», sagte er. «Ich brauch nur noch fünf Minuten, um diesem Wichser Melrose den Arsch aufzureißen.»

«Sean ...», sagte Ellen.

«Du hast keine fünf Minuten mehr», sagte ich. «Wenn du abhauen willst, dann jetzt.»

«Ich hau ab», sagte Sean. «Aber vorher muss ich mich noch von ein paar Leuten verabschieden.»

«Kann ich mir vorstellen», sagte ich. «Dann tu das. Verabschiede dich. Hauptsache, du bist nicht mehr hier. Hier bist du fertig.»

«Allerdings», sagte Sean. «So was von scheißfertig.»

«Sean ...», sagte Ellen.

«So ist es richtig», sagte ich.

«Ach, scheiß drauf», sagte Sean. Aber er setzte sich in Bewegung. Nahm er sich die Zeit, sich von seiner Mutter zu verabschieden, sie zu umarmen? Nickte er mir zu oder schüttelte mir gar die Hand? Nein, so was tat Superboy nicht. Er stieg ein, ließ den Wagen an und fuhr ohne Licht die Zufahrt hinunter und an Trooper Timberlakes Streifenwagen vorbei. Timberlake blieb sitzen. Auf der Straße schaltete Sean die Scheinwerfer ein und gab Gas.

«Tja, Sheriff», sagte Ellen, «das haben Sie ja schön hingekriegt. Hoffentlich sind Sie jetzt zufrieden. Sein Leben lang haben Sie auf dem Jungen herumgehackt, und jetzt haben Sie ihn endlich aus seinem Elternhaus vertrieben. Hoffentlich sind Sie jetzt zufrieden.»

Ich sagte nichts. Ich wartete darauf, dass die anderen auftauchten.

«Keiner hat dem Jungen je eine Chance gegeben», sagte Ellen. Sie schüttelte den Kopf und tupfte mit dem feuchten Taschentuch die Augen.

«Manche sehen das anders», sagte ich. «Wo ist Melrose?»

«Im Haus», sagte Ellen. «Das hier interessiert ihn nicht.»

Wie es aussah, würde Melrose heute auf dem Sofa schlafen müssen.

«Da sind sie», sagte ich.

Von der Garage aus konnte man in beide Richtungen einen halben Kilometer Straße überblicken. Und aus beiden Richtungen näherten sich jetzt blaue, gelbe, rote Blinklichter – die volle Weihnachtsbeleuchtung. Auch Trooper Timberlake sah sie kommen. Er stieg aus, setzte sorgfältig seinen Hut auf und kam durch die Zufahrt zu uns in die Garage.

Deputy Keen war der erste Mann an Deck. Das war keine große Überraschung. Er kam rasend schnell von links, verpasste die Einfahrt, bremste schleudernd und mit wimmernden Reifen, knallte den Rückwärtsgang rein und fuhr mit dem Heck voran kiesspritzend die Zufahrt herauf. Dann riss er die Tür auf, sprang aus dem Wagen und kam mit gezogener Waffe auf uns zu. Er hielt sie schussbereit mit beiden Händen, nicht direkt im Anschlag, aber auch nicht weit davon entfernt. Als er nahe genug war, um uns erkennen zu können, sagte er: «Sheriff.»

«Stecken Sie Ihre Waffe wieder ein, Deputy», sagte ich. «Hier ist alles sicher.»

«Wo ist Superboy?»

«Wie es aussieht, nicht hier», sagte ich.

«Natürlich ist er hier, verdammt», sagte Deputy Keen. «Sein Vater hat angerufen. Er ist hier. Wir können ihn festnehmen.»

«Das war nicht sein Vater», sagte Ellen. «Das war mein Mann. Melrose.»

Lyle sah von einem zum anderen. Sein Mund stand offen. Er schnaufte. Er hielt den Revolver noch immer mit beiden Händen, doch jetzt zeigte die Mündung auf den Boden zu seinen Füßen.

«Sein Vater ist tot», sagte Ellen.

«Ein Kriegsheld», sagte Trooper Timberlake. Woher wusste er das?

«Na und?», sagte Deputy Keen. «Er ist hier. Er war hier.»

«Vielleicht», sagte ich. «Jetzt ist er jedenfalls nicht mehr da. Stecken Sie sie ein.»

«Wenn er nicht mehr hier ist, dann, weil Sie ihn haben laufenlassen», sagte Lyle. Er steckte den Revolver in das Halfter. «Sie haben ihn laufenlassen, weil Sie Ihren Job nicht machen können oder wollen. Eins von beiden. Können Sie nicht oder wollen Sie nicht?»

«Sie sollten sich überlegen, was Sie sagen, Deputy», sagte Trooper Timberlake. «Immerhin reden Sie mit Ihrem Boss.»

«Meinem Boss», sagte Deputy Keen. Er spuckte die Worte geradezu aus. Und dann ging er auf Timberlake los. «Sie waren hier», sagte er. «Sie wussten, was los war. Sie sind da mit drin. Er hat ihn laufenlassen. Er hat Superboy laufenlassen. Superboy war hier. Sie wissen, dass er hier war.»

Timberlake gab ihm keine Antwort. Er sah Lyle unter der breiten Krempe seines Trooperhutes hindurch an. Timberlake war ein gutes Stück größer und breiter als Lyle. Er überragte den Deputy um gut zehn Zentimeter und kostete die Aussicht von dort oben genüsslich aus.

«Sie haben ihn gesehen, oder etwa nicht?», wollte Lyle wissen.

Timberlake sah ihn nur an.

«Oder etwa nicht?» Lyle wurde lauter.

«Negativ», sagte Trooper Timberlake.

SECHS KARREN
VOR DEM ETHAN ALLEN

Sechs Fahrzeuge standen vor dem Ethan Allen Motel, als ich auf den Parkplatz einbog. Ich hielt nach dem großen Mercedes Ausschau, in dem Logan Tracy zum Russenhaus gekommen war, doch der war nicht zu sehen.

Sechs Karren.

Tracy hatte am Dienstagnachmittag angerufen, kurz bevor Sean verschwunden war. Er wollte sich mit mir treffen – es sei wichtig. Ich sagte, ich könne in einer Stunde an dem Russenhaus auf dem Berg sein.

«Nein», sagte Tracy, «nicht am Haus. Ich bin bis zum späten Abend noch in New York. Wir treffen uns morgen irgendwo anders. An einem ruhigen, diskreten Ort. Nicht in der Nähe des Hauses.»

Ich erzählte ihm vom Ethan Allen, einem großen Kasten an der Route 10, direkt an der Countygrenze. Es stand in dem Ruf, das zu sein, was man früher ein «verschwiegenes» Motel nannte, war aber leicht zu finden. Tracy sagte, er werde in der Nacht von New York herfahren. Wir verabredeten uns für den nächsten Morgen um zehn Uhr.

Sechs Karren auf dem Parkplatz des Ethan Allen.

Der Mercedes war nicht da, ebenso wenig wie der Riesenkerl von Chauffeur, es sei denn, er war im Motel. War er aber nicht.

Ich ging zu Tracys Zimmer und klopfte. Tracy öffnete die Tür einen Spaltbreit, spähte heraus und zerrte mich ins Zimmer.

Dann knallte er die Tür zu und verriegelte sie. Alle Vorhänge waren zugezogen.

«Sie müssen diesen Burschen finden, Sheriff», sagte er.

«Guten Morgen, Mister Tracy», sagte ich.

«Das ist kein Spiel, Sheriff», fuhr Tracy fort. «Sie müssen diesen Safe herbeischaffen. Und zwar nicht bald, sondern sofort.»

«Freut mich auch, Sie wiederzusehen, Mister Tracy.»

«Versuchen Sie nicht, mich hinzuhalten, Sheriff», sagte er. «Für Sie steht bei dieser Sache genauso viel auf dem Spiel wie für mich.»

«Wie kommt's dann, dass ich mir im Gegensatz zu Ihnen nicht in die Hose mache?», fragte ich ihn.

Tracy lief rot an. Für einen Augenblick dachte ich, er würde sich auf mich stürzen. Doch dann schüttelte er den Kopf. Er hob die Hand und nickte. Er setzte sich auf das Bett.

«Wir fangen noch einmal von vorn an», sagte er.

«Gute Idee», sagte ich und wartete.

Sechs Karren auf dem Parkplatz.

Tracy rieb mit beiden Händen über sein Gesicht, als wollte er sich wach halten. Seine Augen waren gerötet und blickten unstet hierhin und dorthin, nach unten und oben und in die Zimmerecken – zwei gefangene rote Vögelchen. Ich setzte mich auf das andere Bett und sah ihn an. Unsere Knie berührten sich beinahe.

Sechs Karren.

«Diese Leute haben wenig Geduld, Sheriff», sagte Tracy.

Ich nickte.

«Die haben Männer geschickt, die Ihren Freund Sean Duke suchen sollten», sagte er, «aber sie haben ihn nicht gefunden, oder er ist ihnen durch die Lappen gegangen. Und jetzt? Glauben Sie, die geben auf? Glauben Sie, die sagen: ‹Okay, du hast gewonnen›?»

«Ich dachte, Sie wüssten nichts davon. Das haben Sie jedenfalls gesagt.»

«Kommen Sie, Sheriff», sagte Tracy. «Was wollen Sie hören? Ja, ich weiß, dass sie Leute geschickt haben. Ich weiß auch, dass sie noch mehr Leute schicken werden. Erst kommt einer, dann kommen zwei. Dann fünf oder zehn oder so viele, wie nötig sind. So lange, bis sie ihn gefunden haben.»

Ich nickte. Sechs Karren vor dem Ethan Allen. Ein komisches Wort: Karren.

«Und das ist noch längst nicht alles», fuhr Tracy fort. «Sie werden zu Leuten gehen, von denen sie annehmen, dass sie ihnen helfen können. Sie werden zu den Familien dieser Leute gehen. Sie werden vor nichts haltmachen. Sie werden sich jeden, der sich ihnen in den Weg stellt, vornehmen – nein, ihn vernichten –, jeden, der ihnen nicht hilft. Einschließlich Sie, Sheriff.»

«Und einschließlich Sie, oder?»

«Was meinen Sie, warum ich hier bin?»

«Was ist in dem Safe?», fragte ich Tracy.

«Das weiß ich nicht.»

«Wer ist der Typ, der neulich dort oben in dem Haus war? Der mit dem gegelten Haar. Der hat nicht viel gesagt. Wer ist er?»

«Das weiß ich nicht.»

«Aber Sie sprechen mit ihm, oder?»

«So wenig wie möglich.»

«Aber ein bisschen. Wie sprechen Sie ihn an?»

«Mister Smith. Ich spreche ihn mit Mister Smith an. Helfen Sie mir, Sheriff. Sagen Sie mir, dass Sie den Burschen finden, bevor die ihn finden. Ihm und Ihnen zuliebe. Mir zuliebe.»

«Ich verstehe gar nicht, wieso Sie sich solche Sorgen machen», sagte ich. «Sie sind doch bloß ihr Versicherungsmann, oder?»

«Ich liefere nicht», sagte Tracy. «Sie wollen, dass etwas Bestimmtes passiert, aber es passiert nicht. Ich bringe es nicht. Hören Sie mir zu, Sheriff?»

Karre. Ein altmodisches Wort, nicht? Die eigentliche Bedeutung ist: ein Gefährt, das geschoben oder gezogen wird und keinen Motor hat. Aber wir bezeichnen einen Wagen als Karre. Sechs Karren. Sechs Karren auf dem Parkplatz. Und in den Zimmern, gleich hinter diesen dünnen Gipskartonwänden, waren die Leute, die damit hierhergefahren waren, und taten, was man im Ethan Allen eben tat. Jetzt, in diesem Augenblick.

«Sheriff? Hören Sie mir zu, Sheriff?»

«Wie bitte?»

«Mein Vorgänger», sagte Tracy. «Von einer Kanzlei in New York. Er hat alles Mögliche für sie geregelt.»

«Für Mister Smith?»

«Genau. Irgendwann ist was schiefgelaufen. Es ging um irgendeine Vereinbarung, die sie getroffen hatten – ich kenne die Einzelheiten nicht. Irgendwie hatten sie das Gefühl, dass mein Vorgänger nicht gut funktioniert hat. Verstehen Sie?»

Ich nickte.

«An einem Wochenende sind er, seine Frau und seine Tochter nach Massachusetts gefahren, wo die Tochter aufs Internat ging. Sie sind nie dort angekommen. Sie sind unterwegs verschwunden. Alle drei. Man hat sie nie gefunden. Weder ihre Leichen noch den Wagen oder ihre Sachen – nichts. Sie waren verschwunden.»

Ich nickte.

«Und was sagen Sie dazu, Sheriff?»

«Wenn Sie eine Tochter haben, die in Massachusetts aufs Internat geht, sollte sie den Zug nehmen.»

«Das ist kein Witz, Sheriff.»

«Das weiß ich», sagte ich. «Aber ich habe keine Fernsteuerung für diesen Jungen. Für Sean. Ich sage ihm nicht, was er zu tun und zu lassen hat. Mal angenommen, ich würde das tun. Mal angenommen, ich finde ihn. Was, wenn er den Safe gar nicht mehr hat?»

«Dann ist er tot.»

«Was, wenn niemand den Safe hat? Wenn Sean ihn nicht aufbrechen konnte und ihn weggeworfen hat? Irgendwohin? In den Fluss?»

«Dann ist er auch tot. Diese Leute wollen ihren Safe. Sie wollen keine Geschichte.»

«Dann sind also noch mehr von denen hinter Sean her?»

«Darauf können Sie wetten.»

«Wissen Sie, wer sie sind?»

«Nein.»

«Wissen Sie, wann sie kommen?»

«Nein.»

«Können Sie mich mit Mister Smith zusammenbringen?»

Tracy sah mich an. «Sie wollen sich mit Mister Smith treffen?», fragte er.

«Genau.»

«Warum?»

«Ich will vernünftig mit ihm reden.»

«Sie sind verrückt.»

«Können Sie ihn herbringen?»

«Sie machen sich was vor», sagte Tracy. «Sie haben keine Ahnung, auf was Sie sich da einlassen.»

«Können Sie?»

«Vielleicht», sagte Tracy.

«Na dann.»

Ich wollte dieses Gespräch mit Mr. Tracy beenden. Ich wollte nicht mit ihm reden, ich wollte für eine Weile mit niemandem reden. Ich musste mich sammeln. Ich ging hinaus und zu meinem Wagen. Ich kurbelte das Fenster runter und wieder rauf. Sechs Karren auf dem Parkplatz des Ethan Allen. Vier davon kannte ich nicht. Die anderen beiden schon. Das da war Seans Pick-up. Und da war Clemmies Wagen.

Ich saß in meinem Pick-up und musste mich sammeln. Mir war klar, dass ich hier verschwinden musste. Ich musste runter von diesem Parkplatz. Ich ließ den Motor an, fuhr aber nicht weg, sondern setzte zurück und parkte den Wagen hinter der Ecke des Gebäudes. So konnte ich den Parkplatz überblicken, aber der größte Teil des Pick-ups war verdeckt. Ich stellte den Motor ab und beobachtete den Parkplatz. Was tat ich hier?

Was tat ich? Ich sollte nicht hier sein. Ich ließ den Motor wieder an und wollte gerade den Gang einlegen. In diesem Augenblick geht am anderen Ende des Ethan Allen eine Tür auf, und Sean und Clemmie kommen heraus. Sie sind keine dreißig Meter entfernt. Sean geht voraus, Clemmie folgt ihm. Er geht zu seinem Pick-up und steigt ein. Er kurbelt das Fenster runter. Clemmies Wagen steht neben seinem. Während sie aufschließt und die Tür öffnet, setzt er zurück, fährt zur Ausfahrt und biegt nach links auf die Landstraße ein. Weg ist er. Einfach so. Sean und Clemmie haben sich nicht berührt. Soweit ich es erkennen konnte, haben sie nicht mal was gesagt.

Clemmie steht an der Tür ihres Wagens. Sie sieht Sean nach, dann dreht sie sich um und will einsteigen. Ihr Blick geht über das Wagendach hinweg in meine Richtung und verharrt. Die Sonne blendet sie. Sie beschattet mit der Hand die Augen und späht herüber. Kann sie mich hinter der spiegelnden Windschutzscheibe sehen? Nein. Kann sie den Pick-up sehen? Ja, zum Teil. Erkennt sie ihn? Weiß ich nicht. Sie steigt ein, lässt den Motor an und setzt zurück. Sie fährt zur Ausfahrt. Unterwegs bleibt sie stehen. Die Rückfahrlichter gehen an. Sie will sich davon überzeugen, dass der Pick-up nicht meiner ist. Aber was, wenn doch? Ich kenne dich, Clementine: Den letzten, entscheidenden Schritt willst du nicht tun. Eigentlich nicht. Oder doch?

Clemmie überlegt es sich anders. Die Rückfahrlichter erlöschen, sie fährt langsam zur Ausfahrt, biegt nach rechts ab und fährt davon.

DA WAR SIE

Okay. Na gut. Einen Moment. Was war da?

Was da war? Man weiß genau, was da war. Da war sie. Da waren Clemmie und Sean, um zehn Uhr morgens in einem Stundenmotel an der Landstraße. Jetzt weiß man Bescheid. Aber die Sache ist: Es kommen Fragen auf. Zum Beispiel: Seit wann? Seit Monaten? Seit Jahren? Oder ist es heute vielleicht das erste Mal? Könnte sein. Aber wenn es so wäre – würde das irgendwas ändern? Würde irgendwas irgendwas ändern?

Man muss trotzdem denken, dass es das erste Mal war, nicht? Aber dann schieben sich eine Menge kleine Erinnerungen ins Bild: an Blicke, Bemerkungen, Stunden, in denen sie nicht da war, sich verspätet oder eine Freundin besucht hat. Waren das andere Male? Manche? Alle?

Und was ist mit diesen Freundinnen? Wessen Freundinnen? Wer weiß noch davon, außer Clemmie, Sean und – jetzt – mir? Wer weiß nicht davon? Niemand? Alle? Addison? Beverly? Errol? Die Frauen im Postamt? In der Bank? Ihre Hunde und Katzen? Wer hat Mitleid mit mir, ohne dass ich was davon weiß? Wie groß sind die Hörner, die Sean mir aufgesetzt hat? Klein? Groß? Die Frage ist: Wie groß ist der Trottel, für den die Leute mich halten?

Und zu dem Sean mich gemacht hat? Tja, warum nicht? Wollen mal sehen: Neulich Abend wollte Sean mit mir sprechen. Er hat es sehr geschickt angestellt. Aber Sean ist nicht geschickt. Clemmie ist geschickt. Sean hat mit mir gesprochen, weil Clemmie keinen Zucker mehr hatte und mich welchen hat holen lassen. Nein. Clemmie geht vielleicht mal das Salz aus, aber niemals der Zucker. Mein süßes Mädchen.

Aber Sean? Dieser furchtbar traurige kleine Junge. Nur dass er jetzt kein kleiner Junge mehr ist. Nein, ist er nicht, hat Clemmie gesagt. Jeder kennt Sean Duke. Jeder? Er ist ein beliebter junger Mann. Ist er das? Er hat einen hübschen Mund. Einen hübschen Mund? Was genau heißt das? Er ist nicht mein Typ, hat sie gesagt. Ist er das nicht? Was machst du dann mit denen, die es sind, Clemmie? Clementine. Oh, my darling, oh, my darling und so weiter.

Okay. Was jetzt? Das ist die größte Frage von allen. Die Frage an mich. Was soll ich jetzt tun? Jetzt wird's schwierig. Es geht nicht darum, was Clemmie wann und mit wem tut – das ist etwas, über das ich nicht bestimmen kann –, sondern darum, was ich tun werde. Was tue ich? Das ist etwas, über das nur ich bestimmen kann.

Wie es aussieht, habe ich ein ganzes Spektrum von Möglichkeiten: von gar nichts tun bis hin zu alle erschießen. Was das Letztere betrifft: Ich habe gesehen, was passiert, wenn jemand sich für diesen Weg entscheidet. Mehr als einmal. Alle erschießen läuft nicht immer so, wie man es sich vorgestellt hat.

Da war vor ein paar Jahren zum Beispiel die Sache mit Mort. Er lebte in Dead River, gleich an der alten Brücke, und arbeitete in der Fabrik in Brattleboro. Eines Morgens geht er zur Arbeit, aber er fühlt sich nicht so gut – es ist irgendein Virus im Umlauf. Mort meldet sich krank und ist gegen Mittag wieder zu Hause. Alles ist still, seine Frau ist nicht da. Mort fühlt sich immer schlechter und beschließt, sich hinzulegen. Er geht zum Schlafzimmer, öffnet die Tür und sieht seine Frau im Bett mit dem Heizungsinstallateur.

Tja, wie es aussieht, hat Mort eine sehr kurze Zündschnur.

Er kommt zu dem Schluss, dass er alle erschießen wird. Und das kann er auch, denn in der Nachttischschublade liegt seine .38er. Die Sache ist nur, dass seine Frau das ebenfalls weiß, und wie die Dinge liegen, ist sie der Schublade viel näher als Mort, und er erkennt: Wenn sie und der Heizungsinstallateur es schaffen, sich voneinander zu lösen, ist sie schneller als er.

Ohne lange nachzudenken, rennt er hinunter, schnappt sich die Schrotflinte, rennt wieder hinauf und stürmt ins Schlafzimmer, wo der Heizungsinstallateur sich gerade die Hose anzieht und von Morts Frau nichts zu sehen ist. Mort schießt den Heizungsinstallateur über den Haufen, bückt sich und späht unter das Bett, wo er seine Frau vermutet, die er ebenfalls erschießen will. In diesem Moment springt die Frau aus dem Wandschrank, splitternackt bis auf die .38er, und verpasst Mort aus nächster Nähe sechs Kugeln. Ich meine, sie hat ihn regelrecht ausgeknipst.

Mrs. Mort zieht sich an und ruft die Polizei. Die Sache wirbelt natürlich erheblichen Staub auf, aber letztlich ist es ein klarer Fall von Notwehr. Der Heizungsinstallateur ist Zeuge; er hat zwar ein paar Schrotkugeln abgekriegt, aber Mort hat nicht gut gezielt und ihn nur leicht verletzt. Er und Morts Frau verkaufen das Haus und ziehen nach Florida. Mort nicht. Der ist noch immer hier.

Nein, alle erschießen läuft nicht immer so, wie man es sich vorstellt. Und in meinem Fall könnte man auch sagen, dass ich als Polizist ein schlechtes Beispiel geben würde, oder?

Also zum anderen Ende des Spektrums. Soll ich gar nichts tun? Das erscheint mir genauso unmöglich, aber ich will wenigstens einen Blick darauf werfen. Es ist wie Sheriffsein, nicht? Man kann auf verschiedene Weise nichts tun. Es kommt immer darauf an, wer was weiß. Ich weiß, was ich weiß. Es kommt aber darauf an, was Clemmie weiß. Ich habe Clemmie am Ethan Allen gesehen, aber hat Clemmie mich gesehen? Ich weiß, was ich weiß, aber weiß sie, dass ich es weiß? Weiß sie, dass ich weiß, dass sie weiß, dass ich es weiß? Von solchen Gedanken kriegt man Kopfschmerzen. Es ist, was es ist – aber was ist es?

Und was passiert dann? Das ist die letzte Frage. Mal angenommen, ich erschieße niemanden, aber wir tun auch nicht gar nichts. Mal angenommen, wir trennen uns. Wie sollen wir das eigentlich anstellen? Wer trennt sich, und wohin geht er oder sie dann? Ich rede hier nicht von Möbeln und Geschirr. Ich rede nicht mal von Häusern und Konten. Ich meine: Wer geht, und wohin? Es ist ja nicht so, dass Clemmie und ich einfach getrennte Wege gehen könnten. Wir haben keine getrennten Wege. Clemmies New Yorker Mutter hat ihre Ehe mit Addison beendet und ist nach Hause zurückgekehrt. Clemmie und ich können das nicht. Wir können nicht unsere Ehe beenden und nach Hause gehen. Wir sind schon zu Hause.

Die Dinge werden sich ändern, sie werden sich ändern müssen. Aber wie soll das gehen? Na ja, das werden wir schon rausfinden, oder? Das denkt man jedenfalls. Man weiß, dass die Dinge sich ändern werden. Man denkt, dass die Zukunft mehr oder weniger anders sein wird. Aber auch die Vergangenheit ist anders.

Ja, die Vergangenheit ist jetzt anders. Sie hat sich verändert. Das ist etwas, an das ich mich nicht gewöhnen kann. Man denkt, dass die Zukunft anders sein wird, nimmt aber an, dass die Vergangenheit abgeschlossen und fertig ist. Doch das ist sie nicht. Die Vergangenheit, meine Vergangenheit, unsere Vergangenheit ist jetzt anders, und zwar seit ich Clemmie und Sean am Ethan Allen gesehen habe. All die Jahre haben wir nicht das Leben geführt, von dem ich dachte, dass wir es führten. Es ist, als hätte man immer geglaubt, dass man die Kavallerie ist, und eines Tages stellt man fest, dass man die Indianer ist. Man war im Irrtum, man lag in allem falsch, und zwar von Anfang an. Und der Anfang war nicht gestern oder letzte Woche oder letzten Monat. Wir sprechen hier von Jahren.

Soweit ich mich erinnere, habe ich Clemmie zum ersten Mal gesehen, als sie dreizehn oder vierzehn war und mit ein paar von ihren Cousinen aus Brattleboro bei Taft am Tisch mit den kalten Getränken herumhing, während die älteren Kinder mit Taft und seinen Männern Heu machten. In dem Sommer arbeitete ich für Taft. Ich sprang von der Wagenladung, die wir gerade gebracht hatten, meine Kehle war staubtrocken. Taft hatte die üblichen Getränke in Flaschen und Dosen, aber da stand auch eine große Schüssel mit einem Getränk, das die alten Leute Dipper nannten. Taft machte es aus kaltem Quellwasser, Melasse, Ingwer und Essig, und es löschte den Durst angeblich besser als alles andere.

Ich füllte einen Becher mit Dipper, und Clemmie, die dabeistand und mir zusah, sagte: «Mein Gott, willst du das Zeug da wirklich trinken? Du könntest auch eine Cola haben.»

«Sagt wer?», sagte ich und trank einen Schluck Dipper.

«Ich.»

«Und wer bist du?»

«Clementine Jessup.»

Clementine Jessup. Ich kann nicht behaupten, dass ich an diesem Tag besonders Notiz von ihr genommen hätte. Ja, sie war eher hübsch: Sie hatte hell- und dunkelbraunes Haar und Sommersprossen. Aber viele Kinder haben Sommersprossen. Und ja, sie war ganz schön vorlaut, aber das sind viele Mädchen in diesem Alter – vielleicht sogar die meisten. Ich achtete nicht besonders auf sie. Wahrscheinlich hatte ich andere Sachen im Kopf. Ein paar Wochen später war ich in Long Beach und danach in Da Nang. Als ich dort fertig war, kehrte ich nach Hause zurück, tat dies und das und landete, wie gesagt, schließlich bei der State Police.

Darum sah ich Clemmie erst fünf, sechs Jahre später wieder, in meinem ersten Jahr als Trooper und ebenfalls an einem Sommertag. Ich war auf Streife und fuhr in Cardiff auf einer zweispurigen Straße mit wenig Verkehr gemächlich am Fluss entlang, als plötzlich, mitten im Überholverbot, ein VW-Käfer mit mindestens hundert Sachen an mir vorbeischoss. Für einen Augenblick konnte ich es nicht glauben; ich dachte, ich träume: Niemand jagt in einem solchen Tempo an einem Wagen der State Police vorbei, es sei denn, er hat gerade eine Bank ausgeraubt. Aber kein Zweifel: Da war der VW, schon weit entfernt und kleiner werdend. Ich schaltete Einsatzlichter und Sirene ein und machte mich an die Verfolgung. Kurz hinter der Gemeindegrenze von Gilead hatte ich den VW eingeholt und winkte ihn rechts ran. Ich ging zum Fahrerfenster, und da war Clemmie und kramte den Führerschein aus der Handtasche. Das Haar hing ihr ins Gesicht, und der Saum ihres Sommerkleids war hochgerutscht und gab den Blick auf ungefähr fünf Kilometer nackte Beine frei. Ja, da war sie. An manchen Tagen im Mai oder Juni gibt es auf der ganzen Welt einfach keinen besseren Job als Streifenpolizist.

«Ich weiß, ich weiß», sagte Clemmie, als ich neben dem offenen Fenster stand. «Ich bin zu schnell gefahren.»

«Sie waren ungefähr hundert Prozent über der Höchstgeschwindigkeit, Ma'am», sagte ich. «Haben Sie mich nicht gesehen? Der Wagen, den Sie gerade überholt haben, war ein Polizeiwagen. Und Sie hatten mindestens hundert drauf.»

«Ich hatte es eilig», sagte Clemmie. Sie reichte mir den Führerschein. Ich las den Namen darauf, sah sie mir noch einmal genauer an – diesmal ihr Gesicht – und stellte fest, dass sie dasselbe tat.

«Ich kenne Sie», sagte sie.

«Ja, wahrscheinlich.»

«Mein Gott – Lucian Wing», sagte Clemmie.

«Stimmt», sagte ich.

«Wo warst du die ganze Zeit?»

«Mal hier, mal da.»

«Nein, warst du nicht.»

«Ich war in der Navy.»

«Ich war so verknallt in dich», sagte Clemmie.

«Tatsächlich?»

«Tatsächlich. Aber du warst ja älter. Und nicht mehr auf der Schule. Du wusstest nicht mal, dass ich existiere.»

«Doch, wusste ich.»

«Nein, wusstest du nicht», sagte Clemmie. «Damals nicht. Aber jetzt weißt du's.»

Ich gab ihr eine Verwarnung und ließ sie weiterfahren. Wir begegneten uns noch ein paarmal, anfangs zufällig, später nicht mehr. Die Dinge entwickelten sich, und nach einer Weile beschlossen wir, es offiziell zu machen. Das taten wir dann auch. Wir kauften hier ein kleines Haus und ließen uns nieder.

Eines Nachts, als wir noch nicht mal ein Jahr verheiratet waren, lagen wir im Bett und redeten, wie man es so tut, und Clemmie erinnerte sich an den Augenblick, in dem sie gemerkt hatte, dass es mit uns beiden etwas Ernstes war.

«Ich war in dich verknallt», sagte Clemmie. «Aber das war gar nichts. Das war Jahre her. Damals war ich noch klein. Später warst du weg, und noch später warst du wieder da und hast mir gefallen, aber ich hab nicht weiter darüber nachgedacht. Du warst eben älter.»

«Älter?», sagte ich. «Was? Die sechs Jahre?»

«Damals schien mir das viel», sagte Clemmie. «Und es war komisch: Ich hab mich gar nicht so sehr zu dir hingezogen gefühlt, ich hab nicht die ganze Zeit an dich gedacht oder so, und trotzdem hattest du irgendwas an dir, das mir im Kopf geblieben ist – ich konnte bloß nicht den Finger daraufleg. Es war nichts, was du gesagt oder getan hast, und es hatte nichts mit deinem Aussehen zu tun. Du hattest eben irgendwas an dir. Es war wie eine Frage.

Und ich wusste nicht, was es war. Wie wenn man sich an etwas erinnern will, einen Namen oder so, aber er fällt einem nicht ein, er liegt einem auf der Zunge, und trotzdem findet man ihn nicht. Es hat mich schier verrückt gemacht. War es irgendwas, das du getan hattest? War es etwas, das jemand über dich gesagt hatte? War es, dass du witzig oder ernst warst, nett oder nicht nett? Nein, so viel wusste ich: Es war nichts davon. Ich kam einfach nicht darauf. Und dann, eines Tages – ich hatte dich ein paar Tage nicht gesehen und dachte überhaupt nicht an dich –, ging ich hinunter ins Wohnzimmer, und da stand Daddy auf einem Stuhl und hängte ein Bild auf. Ich glaube, das werde ich nie vergessen. Er stand auf einem Stuhl und schlug einen Nagel in die Wand. Aber der Stuhl war schief, und der Boden ebenfalls. Er stand nicht sicher. Und ich sah ihn und dachte: Er sollte lieber vorsichtig sein, er ist ganz schön wacklig und könnte stürzen. Was, wenn er stürzt? Er ist ganz allein. Und in diesem Augenblick – Bingo! Da fiel es mir ein. Es hatte aber nichts mit Daddy zu tun, sondern mit dir. Ich dachte: Mein Gott, das ist es. Das ist die Sache mit Lucian. Er ist nicht witzig oder ernst. Er ist nicht stark oder schwach. Er ist nicht gut oder schlecht. Er ist nicht der Richtige oder der Falsche. Er ist mein Mann.»

Ich fuhr vom Ethan Allen zurück zum Büro, und als ich dort angekommen war, hatte ich einen Entschluss gefasst: Ich würde diese Sache fürs Erste behandeln wie Sheriffsein. Ich würde stillhalten und abwarten, was passierte. Und dann würde ich weitersehen. «Lass es auf dich zukommen», sagte Wingate, «was immer es ist.»

Es war, wie meistens, ein guter Plan, nur dass er nicht funktionierte. Er hatte keine Chance. Ich kam nicht dazu, ihn auszuprobieren. Als ich im Büro ankam, hatte Beverly den Kontakt zu Deputy Keen verloren. Sein Streifenwagen stand vor dem Russenhaus, aber er war nicht da. Er war verschwunden. Wo war er?

NOCH MEHR KOSAKEN

Als ich dort eintraf, hatten sie ihn gefunden. Er war bewusstlos und übel zugerichtet, aber er lebte, auch wenn man nicht wusste, wie lange noch. Deputy Keen sah aus, als wäre er in eine Kreissäge gefallen. Als ich vor dem Russenhaus vorfuhr, hatten die Rettungssanitäter ihn gerade in den Wagen geladen. Sein Herz setzte aus, und sie mussten ihm die Elektropaddel auf die Brust drücken, um es wieder in Gang zu setzen, und so sah ich meinen Deputy im Rettungswagen zappeln wie einen großen Barsch auf dem Boden eines Ruderboots.

Es war ganz schön was los. Beverly hatte die Meldung herausgegeben, dass ein Polizist vermisst und vermutlich in Schwierigkeiten sei, und so sah es am Russenhaus aus wie bei einem Polizeikongress: Polizisten in allen möglichen Uniformen wimmelten herum, darunter auch ein paar von der Royal Canadian Mounted Police, die gerade auf der Durchreise waren.

Ich fand Trooper Timberlake. Er sagte, Buster Mayhew, der Hausmeister, sei vorbeigekommen, um nach dem Haus zu sehen, und habe dort Lyles Streifenwagen vorgefunden, mit offener Fahrertür und laufendem Motor. Weit und breit keine Spur von dem Deputy. Mayhew habe das Funkgerät des Streifenwagens benutzt und Alarm geschlagen – und da seien wir jetzt.

Deputy Keen war rasch gefunden worden, am Ende einer Blutspur, denn er war von dem, der ihn so zugerichtet hatte, davongeschleift worden und lag etwa dreißig Meter vom Haus entfernt im Wald. Sein Revolver steckte noch im Halfter, und auch der Rest seiner Ausrüstung war noch da. Er hatte eine große

Platzwunde auf der Stirn, ein gebrochenes Bein und möglicherweise einen gebrochenen Halswirbel. Jetzt war er unterwegs zur Notaufnahme in Brattleboro. Wenn er lebend dort ankam, hatte er eine Chance, sagte der Rettungssanitäter.

Buster Mayhew stand ein bisschen abseits und sah aus, als hätte er vergessen, warum er hier war. Ich ging zu ihm.

«Sie haben ihn nicht gesehen, oder?», fragte ich ihn.

«Wen?»

«Den Deputy. Deputy Keen. Der gerade weggebracht worden ist.»

«Oh. Nein. Ich hab niemanden gesehen.»

«Haben Sie im Haus nachgesehen?»

«Im Haus?»

«Genau. Im Haus. In diesem Haus. Wo Sie Hausmeister sind. Haben Sie drinnen nachgesehen, ob jemand da war?»

«Oh. Nein», sagte Buster. «Ich bin mehr für draußen zuständig.»

«Okay», sagte ich. Aus Buster etwas Sachdienliches herauszuholen, war, wie es aussah, nichts, das mit der Zeit leichter wurde.

Ich beschloss, dem Rettungswagen nach Brattleboro zu folgen, um zu erfahren, wie es um Deputy Keen stand. Ich war unterwegs dorthin, als Beverly eine Beschwerde aus dem Trailer Park in Monterey meldete. Ich dachte an Sean. War er doch nicht verschwunden? Versteckte er sich irgendwo im hohen Gras? Das sollte er lieber nicht tun. Ich bog ab, schaltete Sirene und Lichter ein und fuhr nach Monterey.

Sean war nicht da, aber er war da gewesen, und zwar vor kurzem. Seine Kleider und andere Sachen lagen verstreut vor dem Trailer: Jeans, Hemden, Unterhosen, Socken, Sweatshirts, Mützen, Rasierzeug, zwei Hanteln. Crystal Finn hatte alles rausgeworfen und die Kleider mit den Füßen auf einen Haufen geschoben, und jetzt kniete sie davor, in der einen Hand eine Dose Bier, in der anderen ein Feuerzeug, und versuchte, Seans Sachen in Brand zu stecken. Das wollte nicht recht klappen. Als ich ausstieg und zu ihr ging, sah sie auf und sagte: «Ach, Scheiße, Sie schon wieder. Haben Sie zufällig ein bisschen Benzin?» Sie war nicht nüchtern.

«Wo ist Sean?»

«Nicht hier.»

«Wann haben Sie ihn zuletzt gesehen?»

«Ungefähr fünf Sekunden, nachdem er mir gesagt hat, dass er mich mit so einer verdammten Scheißschlampe in Mount Zion beschissen hat.»

«Sie meinen Morgan Endor?»

«Ich weiß nicht, wie sie heißt», sagte Crystal. «Wenn ich's wüsste ...»

Mir fiel die Schrotflinte ein, mit der sie vor ein paar Tagen auf die Kosaken geschossen hatte, aber die war nirgends zu sehen. Vielleicht war sie im Trailer. Das war mir recht. Wie es aussah, war Crystal am anderen Ende des Spektrums der Möglichkeiten angekommen, die den Betrogenen dieser Welt offen stehen.

«Was ist passiert?», fragte ich sie.

Crystal trank einen großen Schluck Bier und wäre dabei beinahe hintenüber gefallen. Sie setzte sich vor dem Kleiderhaufen auf die Erde. Ein Rauchfädchen stieg von den Sachen auf.

«Was ist passiert?», fragte ich sie noch einmal.

«Was passiert ist? Dieses Schwein, dieser Sack voll Scheiße hat mir endlich erzählt, dass er diese verdammte Schlampe in Mount Zion vögelt, das ist passiert. Seit vier Monaten.»

«Ich bringe Sie rein», sagte ich.

«Nein», sagte Crystal. «Gehen Sie weg.»

«Na, kommen Sie schon.» Ich packte sie am Ellbogen und wollte ihr aufhelfen.

«Nein», sagte Crystal. «Lassen Sie mich.»

«Soll ich Sie lieber festnehmen?»

«Wegen was denn?»

«Ungenehmigtes offenes Feuer.»

«Ach, Scheiße», sagte Crystal. Aber sie stand auf, und weil ich den Arm um ihre Taille legte und sie stützte, schaffte sie es zum Trailer.

«Schlafen Sie ein bisschen», sagte ich.

«Vier Monate», sagte sie. «Vier Monate hat er's mit dieser Schnepfe getrieben. Vier Monate. Und dabei waren wir bloß sechs Monate zusammen.»

«Ist er jetzt vielleicht bei ihr?»

«Ich glaube, ich muss kotzen», sagte Crystal.

«Gehen Sie rein», sagte ich. «Das wird schon wieder.»

«Das wird nicht wieder», sagte Crystal. «Nie mehr.»

«Ich muss wissen, ob Sean jetzt in Mount Zion ist», sagte ich. «Ist er dorthin gefahren?»

«Nein, er ist weg», sagte Crystal. «Er ist abgehauen. Er ist weg.» Sie begann zu weinen. «Vier Monate», sagte sie. «Fast die ganze Zeit, die wir zusammen waren. Das macht einen ganz irre.»

«Stimmt», sagte ich. «Ich weiß.»

Ich schaffte Crystal in ihren Trailer und legte sie bäuchlings aufs Sofa. Sie schlief sofort ein. Ich fand eine Decke und deckte sie zu. Dann fiel mir der Hund ein. Ich sah mich um, und da war er: Er saß in der Tür zum Schlafzimmer und sah mich unverwandt an. Er war ein Prachtexemplar. Im Sitzen war sein Kopf etwas höher als meine Gürtelschnalle. Er stieß ein leises Knurren aus. Ich erstarrte und sah ihn an. Jackson.

«Okay, Jackson», sagte ich. «Alles okay.»

Der Hund hatte dem einen Russen praktisch den Arm abgerissen, aber jetzt rührte er sich nicht. Er legte den Kopf ein bisschen schräg und wedelte mit dem Schwanz. Er beobachtete mich. Ich beobachtete ihn. Ich machte einen Schritt rückwärts in Richtung Tür. Und noch einen.

«Alles okay, Jackson», sagte ich noch einmal.

Jackson stand auf. Er ging zu Crystal, die weggetreten auf dem Sofa lag. Er beschnupperte ihr Gesicht, legte das Kinn auf ihren Rücken, sah mich an und seufzte.

«Okay, Jackson», sagte ich und wandte mich zur Tür. Dort lehnte Crystals Schrotflinte an der Wand. Ich zerlegte sie. Dann öffnete ich die Tür, ging hinaus und nahm den Doppellauf mit.

Ich fuhr nach Brattleboro zum Krankenhaus. Dort erwartete mich eine gute Nachricht: Deputy Keen würde wieder auf die Beine kommen. Er hatte eine Gehirnerschütterung, und sein Hals war verrenkt, aber nicht gebrochen. Im Übrigen war sein Zustand stabil. Er hatte mehrere Frakturen am Bein und zwei angebrochene Rippen und würde wohl ein paar Wochen im Krankenhaus bleiben müssen. Er war bei Bewusstsein. Ich durfte mit ihm sprechen, allerdings nicht lange.

Deputy Keen lag in seinem Krankenhausbett und sah aus wie ein Beispiel dafür, wozu Ärzte imstande sind, wenn sie sich richtig ins Zeug legen. Er hatte einen dicken Verband um den Kopf, der Brustkorb war verpflastert, der Hals steckte in einer Manschette, und das eingegipste linke Bein hing an einer Kette, die an einem Gestell über dem Bett befestigt war.

Trooper Timberlake war bei ihm, ebenso die beiden Mounties – große, ruhige Männer, die zwar immer wieder sagten, sie müssten sich jetzt dann mal auf den Heimweg machen, sich aber nicht vom Fleck rührten.

Der Deputy erzählte, was vorgefallen war. Es war eine kurze

Geschichte. Er hatte sich in den Kopf gesetzt, dass das Russenhaus der Schlüssel zu der ganzen Sache war. Sean oder die Russen oder alle zusammen würden früher oder später dort auftauchen, und so wollte er, so gut es ging, ein Auge darauf haben. Am Morgen, als ich die Karren auf dem Parkplatz des Ethan Allen gezählt hatte, war der Deputy in Grenada auf Streife gewesen und zum Russenhaus gefahren, und siehe da: Vor dem Haus stand der dicke Mercedes.

Lyle hielt ein Stück hinter dem Mercedes an, stieg aus und ging auf den Wagen zu, als die Fahrertür geöffnet wurde und ein Gorilla ausstieg, möglicherweise derselbe, der Mr. Smith zu unserem Treffen gefahren hatte. Vielleicht war's auch nicht derselbe, denn im nächsten Augenblick wurden auch die anderen Türen geöffnet, und drei weitere Gorillas, allesamt genauso groß wie der erste, stiegen aus. Einer von ihnen beugte sich noch einmal in den Wagen und holte einen Baseballschläger hervor. Dann gingen die vier auf Deputy Keen zu.

Lyle sagte ihnen, sie sollten bleiben, wo sie waren, aber wie es aussah, konnte er kein Russisch, also verstanden sie ihn vielleicht nicht. Jedenfalls verteilten sich die Gorillas und bewegten sich weiter auf ihn zu.

Deputy Keen fand, sie seien jenseits von Gut und Böse oder jedenfalls nahe dran. Er griff nach dem Revolver im Halfter – und dann gingen die Lichter aus. Jemand musste sich von hinten angeschlichen und ihm eins übergezogen haben. Als er aufwachte, war er in Brattleboro auf der Intensivstation.

Eine Krankenschwester kam und schickte uns hinaus. Auf dem Parkplatz schüttelten Trooper Timberlake und ich den Mounties die Hand, bevor sie ihre Fahrt fortsetzten. Dann fuhr ich nach Hause. Ich wusste, dass die Zeit knapp wurde. Diese Russensache musste ein Ende haben. Ich musste ihr ein Ende machen, und ich war mir ziemlich sicher, dass ich das auch konnte. Aber es gefiel mir nicht. Als Sheriff erzwingt man nichts. Man lässt es geschehen. Man lässt es zu einem Ende kommen, wenn man kann. Aber man kann nicht immer.

Es war spät, als ich nach Hause kam. Clemmie war schon zu Bett gegangen. Das war mir ganz recht. Ich ging ins Schlafzimmer. Clemmie hatte das Licht für mich angelassen. Sie kehrte meiner Bettseite den Rücken zu, und ihre Schulter war nackt. Der Träger ihres Nachthemds war hinuntergerutscht. Ich betrachtete die hellbraunen Sommersprossen auf Clemmies Schulter und Rücken. Die hatten mir schon immer gefallen. Im Winter verschwanden sie fast, aber jeden Sommer kehrten sie zurück. Sie waren so ziemlich das Erste, was mir an jenem Tag bei Taft an ihr aufgefallen war, als sie noch ein Kind war, als wir beide Kinder waren und die einzigen Sommersprossen, von denen ich bestimmt wusste, dass sie sie hatte, in ihrem Gesicht waren.

Ich weckte sie nicht. Ich machte das Licht aus, ging ins Wohnzimmer, zog mich aus und legte mich aufs Sofa. Ich lag auf dem Rücken und sah die verzerrten Schatten über den Deckenputz huschen, wenn das Licht eines vorbeifahrenden Wagens durch das dunkle Fenster schien. Ich wartete auf den nächsten Wagen, das nächste Licht.

Sean hatte ein Pferd, ein großes Jagdpferd mit mannshohem Widerrist, einen Hengst. Er ritt am Fluss entlang. Er wollte auf dem Hengst den Fluss überqueren, aber der war widerspenstig. Sean stieß ihm die Fersen in die Seiten, aber das Pferd scheute und drehte sich und weigerte sich, ins Wasser zu gehen.

Ich war ebenfalls am Ufer, in der Nähe. Ich sagte Sean, er müsse eine Decke, einen Sack oder etwas Ähnliches nehmen und dem Hengst über den Kopf legen, damit er das Wasser nicht sehen könne.

Dann werde er anstandslos hinübergehen. Sean wusste das nicht. Er kannte sich mit Pferden nicht aus. Woher denn auch? Er wusste nicht, dass manche Pferde wasserscheu sind, dass sie Angst vor fließendem, strömendem Wasser haben. Manche Pferde haben Angst vor Flüssen.

Wingate war auch da. Er stand ein bisschen abseits und redete ebenfalls mit Sean und vielleicht auch mit mir. «Es ist wie der Unterschied zwischen ...», sagte er. «Es ist wie der Unterschied zwischen ... Es ist wie der Unterschied zwischen ...» Er sprach den Satz nie zu Ende.

Sean trieb den Hengst an, doch der scheute immer wieder zurück und wandte sich tänzelnd vom Wasser ab. Stunden vergingen. Und noch mehr Stunden. Es würde nie aufhören – doch dann hörte es auf. Es hörte auf, als Clemmie auf der Böschung erschien, zu uns trat, Sean die Zügel aus der Hand nahm und den Hengst durch den Fluss ans andere Ufer führte. Ganz einfach. Drüben gab sie dem Hengst einen Klaps auf den Hintern, und er galoppierte, den wippenden Sean auf dem Rücken, davon. Dann waren sie weg.

Am nächsten Morgen stand ich früh auf. Clemmie war schon in der Küche. Sie stand an der Spüle. Als ich hereinkam, drehte sie sich um.

«Es war spät gestern Nacht», sagte sie.

«Ja.»

«Du hast im Wohnzimmer geschlafen.»

«Ich wollte dich nicht wecken.»

Clemmie sah mich an. Dann wandte sie sich wieder zur Spüle.

«Bist du zum Abendessen da?», fragte sie mich.

«Soviel ich weiß», sagte ich. «Und du?»

«Soviel ich weiß.»

DER STAR

Sean hatte gesagt, er müsse sich noch von ein paar Leuten verabschieden. Und eine davon kannte ich. Sean musste sich von
ein paar Leuten verabschieden, und dann lag ein weiter Weg vor
ihm – das hoffte ich jedenfalls. Ich hoffte es wie verrückt. Der
Weg war da. Er musste ihn nur gehen.

Würde er ihn allein gehen? Gestern, am Ethan Allen, war
Clemmie nicht bereit gewesen, den letzten, entscheidenden
Schritt zu tun. Aber sie hatte den Fuß schon gehoben. War sie
jetzt bereit? Tja, das würde ich ziemlich bald erfahren, oder?
Früh genug. Aber bevor es so weit war, musste ich ebenfalls bei
ein paar Leuten vorbeischauen.

Am Donnerstag gegen elf fuhr ich nach Mount Zion. Morgan Endor trat aus der Haustür auf die kleine Veranda.

«Sean ist nicht hier, Sheriff», sagte sie. «Er ist weg.»

«Ich weiß», sagte ich.

«Woher? Er ist erst vor einer Stunde gefahren. Haben Sie ihn
getroffen?»

«Heute nicht.»

«Hat er Sie angerufen?»

«Nein.»

«Woher wissen Sie dann, dass er weg ist?»

«Er hat in jede Ecke des Stalls gepinkelt. Wenn man das gemacht hat, sucht man sich einen neuen.»

«Wissen Sie, wohin er will?»

«Nein.»

«Aber ich.»

«Das denken Sie.»

Sie nickte lächelnd. «Sie haben recht. Wollen Sie nicht reinkommen, Sheriff?»

Sie führte mich durch das Wohnzimmer in die Küche. Die Katze lag ausgestreckt auf dem Boden und sonnte sich, aber als ich eintrat, stand sie auf, streckte sich und ging hinaus.

«Sean hat gesagt, Sie würden wahrscheinlich vorbeischauen», sagte Morgan Endor.

«Ja», sagte ich.

«Er hat was für Sie dagelassen.»

«Das habe ich mir gedacht.»

«Das Ding, nach dem Sie gefragt haben.»

«Gut.»

Sie bot mir einen Stuhl an und setzte sich ebenfalls an den Tisch. Wir saßen uns dicht gegenüber, und wie es aussah, hatte ich ihr Alter neulich falsch geschätzt. Ich meine, ich hatte mich ein zweites Mal verschätzt, als ich gedacht hatte, sie sei um die vierzig, denn jetzt sah ich, dass ihr Haar von Grau durchzogen und die Haut an ihren Händen dünn und trocken war. Morgan Endor war keineswegs um die vierzig, sondern eher um die fünfzig und möglicherweise schon jenseits davon.

«Sheriff?», sagte sie. «Haben Sie mir zugehört?»

«Wie bitte?»

«Ich habe gesagt, dass Sean das Ding erst gestern Nacht hergebracht hat. Als Sie am Wochenende danach gefragt haben, war es nicht hier. Ich wusste gar nichts davon. Ich hab Sie nicht belogen.»

«Das habe ich auch nicht behauptet.»

«Aber gedacht haben Sie es», sagte sie. «Sie haben gedacht, ich lüge, um Sean zu decken. Sie haben gedacht, ich wäre in ihn verknallt. Sie haben gedacht, Sean hätte mir das Hirn rausgevögelt. Das haben Sie doch gedacht, oder?»

«So was soll es schon gegeben haben.»

«Aber nicht bei mir», sagte sie.

«Nein, wahrscheinlich nicht.»

«Möchten Sie meine Arbeiten mal sehen?»

«Ihre Bilder?»

«Meine Bilder, ja.»

«Vielleicht ein andermal.»

«Es wird kein andermal geben, Sheriff», sagte sie. «Am Wochenende werden sie verpackt und verschickt. Die Männer, die das machen, kommen morgen. Und am Montag fliege ich nach Paris. Wollen Sie sie sehen?»

«Ich würde lieber dieses andere Ding sehen», sagte ich. «Den Safe.»

«Den können Sie auch sehen, Sheriff. Sie können sich alles ansehen. Kommen Sie.»

Wir gingen in den Flur und nach oben. Die ganze erste Etage des Hauses war ein einziger großer Raum. Er war gestaltet wie der Ausstellungssaal einer Galerie: nackter Boden, weiße Wände, durch eine Reihe Dachfenster strömte Licht herein. Morgan Endor ging, ohne etwas zu sagen, langsam durch den Raum, und ich folgte ihr. Wir sahen uns die Bilder an den Wänden an. Sie hingen in einer Reihe und auf Augenhöhe, achtundzwanzig Stück insgesamt.

Ich gebe zu: Als die Lady mir erzählt hatte, sie habe Fotos von Sean gemacht, hatte ich gedacht, ich wüsste, welche Art von Fotos sie meinte. Aber ich hatte mich geirrt. Auf jedem Bild sah Sean direkt in die Kamera. Und auf jedem hatte er etwas anderes an, steckte er in einem anderen Kostüm. Und das waren keineswegs simple Verkleidungen. Auf einem war er einer der drei Musketiere, in Samt und Spitzen, mit Degen und Hut und … wie heißen noch gleich diese großen Federn, die man damals am Hut getragen hat? Mit einer Straußenfeder. Auf einem anderen sah er aus wie ein Cowboy. Sean war ein Richter in schwarzer Robe, ein Priester mit steifem Kragen, ein Taucher mit Brille und Harpune, ein altmodischer Gentleman in einem schicken dreiteiligen Anzug. Er war ein Farmer, ein Soldat, ein Astronaut, er war ein römischer Gladiator, ein griechischer Redner in einem dieser Bettlaken, die sie damals getragen haben, ein Jockey in bunter Ballonseide. Ich meine, es gab sogar ein Foto, auf dem Sean eine Sängerin war, eine Nachtclubsängerin in einem langen Kleid, mit Make-up, Perücke und Perlenkette. Es gab eins, auf dem er ein Polizist war.

«Das ist für Sie, Sheriff», sagte Morgan Endor.

«Für mich?»

«Ich verkaufe es Ihnen. Sie würden es allerdings erst nach der Ausstellung bekommen.»

«Ausstellung?»

«Die Ausstellung in Paris, Sheriff. In Frankreich. Wissen Sie nicht mehr? Ich hab Ihnen doch davon erzählt.»

«Stimmt.»

Ich ließ meinen Blick durch den Raum schweifen. Wir hatten alle Bilder gesehen und standen jetzt vor dem, auf dem Sean wie ein Polizist ausstaffiert war.

«Ich werde es für Sie reservieren», sagte sie. «Die Galerie wird es nicht verkaufen, und nach der Ausstellung können Sie es haben.»

«Was kostet es?», fragte ich.

«Fünftausend Dollar», sagte Morgan Endor. «Oder nein – sagen wir: viertausendfünfhundert. Polizeirabatt.»

«Das kann ich mir nicht leisten», sagte ich.

«Tatsächlich? Schade. Aber nur so aus Neugier, Sheriff: Wie finden Sie die Bilder? Was sehen Sie hier?» Sie machte eine ausladende Geste.

Was sah ich? All diese Bilder, all diese Verkleidungen. All

diese verschiedenen Menschen, die allesamt Sean waren. Anfangs fand ich sie hauptsächlich komisch, glaube ich, aber dann waren sie nicht mehr komisch. Sean sah einen immer mit demselben ausdruckslosen Blick an, als ließe er ein Foto für seinen Führerschein machen. Es war ihm egal, welches Kostüm er gerade trug, vielleicht wusste er es nicht mal. Hatte er Spaß daran? Es sah nicht so aus. Tat er so, als wäre er tatsächlich der, als der er verkleidet war? Das hätte vielleicht Spaß gemacht, für eine Weile jedenfalls. Aber nein, er tat nicht so. Sean wirkte völlig unbeteiligt. Er war wieder der kleine Junge auf dem Friedhof, der in einem zu großen Jackett und mit einer zu langen Krawatte wartete, während die Erwachsenen seinen Vater begruben.

«Was sehen Sie?», fragte Morgan Endor.

«Ich weiß nicht», sagte ich. «Es ist immer er, nicht?»

«Genau, Sheriff. Es ist immer Sean. Darum habe ich ihn ausgewählt.»

Ich nickte.

«Sean hat ein Innenleben», sagte sie. «Das habe ich Ihnen ja schon mal gesagt. Er lebt ganz in sich selbst, er kommt nie heraus, er weiß nicht mal, dass es außerhalb von ihm etwas gibt. Darum sieht er auf diesen Bildern so besonders aus: Wo man ihn auch hinstellt – er ist immer derselbe. Das ist es, was Sie sehen.»

«Das ist das, was *Sie* sehen. Ich sehe nur einen dummen Jungen, den Sie in einen Haufen komischer Kleider gesteckt haben, um Ihr eigenes Spiel zu spielen.»

«Sie unterschätzen mich, Sheriff», sagte sie. «Und auf jeden Fall unterschätzen Sie Sean. Sean hat etwas, das man sich nicht zulegen kann. Er ist wie ein großer Schauspieler. Sehen Sie das nicht? Sie können ihm irgendeine Rolle geben, und er wird sie spielen, aber es ist, wie Sie gesagt haben: Er ist immer Sean. Man erkennt ihn. Sean ist ein Star, Sheriff.»

«Das sehe ich nicht.»

«Natürlich nicht. Und wissen Sie auch, warum?»

«Warum?»

«Weil es bei Ihnen dasselbe ist – dasselbe wie bei Sean. Nur noch mehr.»

«Ich bin ein Star?»

«Bis in die Haarspitzen. Es ist zu schade, dass nicht Sie gekommen sind, um mein Dach zu reparieren.»

«Finde ich nicht.»

«Wir sollten mal zusammenarbeiten. Eine Serie machen. Sollten wir wirklich.»

«Eine Serie?»

«Eine Fotoserie wie diese hier», sagte sie. «Dann werden Sie sehen, was ich meine, das verspreche ich Ihnen. Na, wie wär's? Im nächsten Frühjahr bin ich wieder in Vermont.»

«Ich dachte, Sie arbeiten nicht mit alten Männern», sagte ich.

«In Ihrem Fall würde ich eine Ausnahme machen, Sheriff. Wir beide könnten richtig was auf die Beine stellen.»

«Auf keinen Fall», sagte ich.

«Aber warum nicht?»

«Ich kann Ihnen die Gründe nicht aufzählen.»

«Warum nicht?»

«Weil es zu viele sind.»

«Wie viele?»

«Ich kann nicht gut rechnen», sagte ich. «Mehr, als ich zählen kann.»

Sie lächelte. «Das beweist, wie recht ich habe, Sheriff», sagte sie.

«Wollen Sie mir jetzt zeigen, was Sean für mich dagelassen hat?»

«Na gut, Sheriff.»

Wir gingen wieder hinunter und in ein kleines Schlafzimmer neben der Küche. Auf dem Boden stand ein Stahlsafe, etwa so groß wie ein Bierkasten. Er war größer, als ich gedacht hatte. Und stabil. Der Lack hatte ein paar Kratzer von den Kugeln, die Sean und Crystal auf ihn abgefeuert hatten, aber davon abgesehen hätte er ebenso gut nagelneu im Regal des Safegeschäfts stehen können. Nur Sean konnte auf die Idee kommen, dem Ding mit einem Vorschlaghammer oder einem Revolver zu Leibe zu rücken wie die Jungs im Fernsehen.

«Da ist noch ein Brief», sagte Morgan Endor.

Er lag auf dem Safe, ein liniertes Stück Papier, einmal gefaltet. Ich nahm ihn und las:

Sherif Lucan,
hier ist der Scheißsafe, können sie ihren komunistischen
Scheißitakern geben. Die sollen ihn sich in den Arsch stecken.
Sagen sie Krystel, der Deputy ist ein Schlappschwanz. Ha.
Viele Grüße.
S. Duke

PS Sagen sie Clemmy Schüss. Ha.

«Clemmy ist meine Frau», sagte ich. «Clemmie.»

«Ich weiß, wer Clemmie ist», sagte sie.

«Sie und Sean sind befreundet.»

«Auch das weiß ich, Sheriff.»

«Hat Sean es Ihnen erzählt?»

«Nein.»

«Woher wissen Sie es dann?»

«Machen Sie sich wegen Clemmie keine Sorgen, Sheriff. Sie wird bleiben.»

«Ach ja? Ist sie nicht auch ein Star, wie wir anderen alle?»

«Nein. Ist sie nicht.»

«Dann ist sie also einfach ganz normal? Einfach und unverstellt? Meinen Sie das?»

«Genau, Sheriff.»

«Aber da ist Sean», sagte ich. «Was ist mit Sean?»

«Was soll mit ihm sein? Glauben Sie, sie will Sean?»

«Ich weiß nicht, was sie will.»

«Aber ich.»

«Und was?»

«Sie.»

«Mich? Mich hat sie doch.»

«Vielleicht sieht sie das anders.»

Morgan Endor sah mich an. Sie schüttelte den Kopf. Dann sagte sie: «Sie sind ziemlich intelligent, Sheriff – für einen Star, meine ich. Aber Sie sollten die Augen aufmachen.»

«Sie sind doch offen.»

Sie lächelte. «Glauben Sie, Sheriff?», fragte sie.

Sie drehte sich um und ging wieder ins Wohnzimmer. Ich folgte ihr und trug den Safe. Die Katze musste gemerkt haben, dass ich im Begriff war zu gehen, denn sie trabte in die Küche, zu dem Sonnenfleck, wo sie zuvor gelegen hatte, und ließ sich fallen.

«Was ist mit der Katze?», fragte ich Morgan Endor.

«Wie meinen Sie das, Sheriff?»

«Sie fahren weg und werden erst nächstes Jahr wieder hier sein. Die Katze kommt doch sicher nicht mit nach Paris.»

«Nein.»

«Was machen Sie dann mit ihr?»

«Nichts», sagte Morgan Endor. «Die Katze kommt allein zurecht.»

Ich bin ein Star, hat die Lady gesagt. Das ist doch was Gutes, oder? Ein Star? Man hat mich schon vieles genannt, aber das ist neu. Tja, die Zeiten ändern sich, was? Wie schon gesagt: In unsere Gegend kommen jetzt ganz andere Leute als früher. Diese Russen zum Beispiel. Oder Morgan Endor. Leute, die man nicht versteht.

Man kann sie nur zum Teil verstehen. Die Russen? Die verstehe ich. Das sind üble Burschen. Morgan Endor? Ich weiß nicht. *Wir beide könnten richtig was auf die Beine stellen.* Das bezweifle ich. Das bezweifle ich wie nur was. Aber ich weiß es nicht. Und es spielt jetzt auch keine Rolle. Sean ist weg. Vielleicht habe ich Morgan Endor nicht ganz verstanden, nicht mal annähernd ganz, aber doch immerhin genug. Mehr als Sean. (Je nachdem, was man mit «verstehen» meint.) Für Morgan Endor war Sean wie eins von diesen Insekten, bei denen das Männchen auf das Weibchen steigt und sich abrackert und jede Menge Spaß hat, und wenn es dann fertig ist, merkt es, dass es vom Weibchen aufgefressen wird. Wie einer von diesen großen Grashüpfern. Das war Sean für Morgan. Er hat gedacht, er sei der Macher. Irrtum. In Wirklichkeit war er der Gemachte. Ich frage mich, ob er das je kapieren wird.

Und woher weiß Morgan Endor so viel über Clemmie? Wer sie ist und was sie will und was sie tun wird oder nicht tun wird. Sie kennt Clemmie nicht mal. Sie kennt weder Clemmie noch mich. Wir brauchen keine Fremden, keine Künstlerinnen, die uns sagen, was wir wollen. Clemmie und ich kommen allein zurecht.

JEDER MAG HONIG

«Tja», sagte Wingate, «das ist keine große Hilfe, oder? Das bringt nicht viel Licht in die Sache. Wenn man es so ausdrückt, ist es keine große Hilfe.»

«Du drückst es so aus», sagte ich.

«Nein, tue ich nicht», sagte Wingate.

Wir saßen in dem Garten, der zu Wingates Haus in South Cardiff gehörte. Seit ein paar Jahren war Wingate nicht mehr so gut zu Fuß, kam aber noch ganz gut zurecht. Jeden zweiten Tag kam eine Pflegeschwester vorbei, und er hatte Freunde, die ihn besuchten und ihm halfen. Einer davon war ich. Ich fuhr alle paar Wochen mal zu ihm hinaus. «Nach Delphi fahren» nannte Addison das. Der gute alte Addison.

Am Ende von Wingates Garten war ein Bach. Wir saßen in Gartensesseln, die wir auf den Rasen gestellt hatten, hörten das Wasser über die Steine plätschern und sahen Wingates Bienen zu, die zu ihren Stöcken flogen.

Wir sprachen nicht viel. Je älter Wingate wurde, desto weniger sagte er. Und wenn man mit ihm zusammen war, ging es einem irgendwie genauso.

«Wie geht's deinem Deputy?», fragte Wingate schließlich.

«Woher weißt du davon?»

«Schwester Penelope hat's mir erzählt.»

«Dir entgeht nicht viel, was?»

«Nicht viel», sagte Wingate. «Kann es auch gar nicht. Wenn du wissen willst, was los ist und was sich gerade wohin entwickelt, schaff dir eine ambulante Pflegeschwester an. Die wird dir

dann schon sagen, was sich tut, ob du es wissen willst oder nicht –
besonders, wenn's was Schlimmes ist.»

«Die Ärzte sagen, er kommt wieder auf die Beine. Könnte
aber eine Weile dauern», sagte ich.

«Er ist ein Draufgänger, dein Deputy», sagte Wingate.

«Könnte man sagen.»

«Schwester Penelope hat gesagt, er hat sich acht, neun Leute
vorgenommen.»

«Fünf. Und es war eher so, dass die sich ihn vorgenommen
haben.»

«Trotzdem», sagte Wingate. «Das ist ein junger Mann mit
Zukunft, oder? In Ausübung seines Dienstes verletzt. Man sagt,
er kriegt eine Auszeichnung.»

«Sagt man.»

«So was macht sich gut in den Zeitungen», sagte Wingate.
«Das macht die Leute aufmerksam. Auf einen jungen Mann, der
es zu was bringen will, meine ich.»

«Ja», sagte ich.

«Das mögen die Wähler», sagte Wingate.

«Ja», sagte ich.

«Das zeugt von Tatkraft», sagte Wingate. «Und Initiative. Er
ist nicht wie diese alten Säcke, die nur herumsitzen und den Dingen ihren Lauf lassen.»

«Ja», sagte ich.

«Initiative. Das mögen die Wähler.»

«Ja», sagte ich.

«Obwohl ...», sagte Wingate. «Es zeugt vielleicht von Initiative, aber nicht gerade von Verstand. Man muss schon ganz
schön blöd sein, um sich in eine solche Situation zu bringen,
oder? Fünf gegen einen? Ohne Unterstützung?»

Ich gab keine Antwort.

Wir saßen da und sahen den Bienen zu. Wingate hatte drei

Stöcke. Sie standen aufgereiht am Rand des Waldes, der den Bach säumte.

«Kein gutes Jahr für Honig», sagte Wingate nach einer Weile.

«Nein?»

«Nein. Das letzte gute Jahr ist schon ein paar Jahre her. Zu kalte Frühjahre vielleicht. Bienenseuchen. Ein Stück die Straße runter ist noch ein Imker, der hatte sechs Völker. Eines Nachts kam ein Bär, hat alle Bienenstöcke aufgebrochen und nichts übrig gelassen. Jetzt muss der Mann wieder bei null anfangen.»

«Tatsächlich?»

«Jetzt hat er einen großen, elektrisch geladenen Stahlzaun um seine Bienenstöcke gezogen. Ich hab ihn mir angesehen. Ein richtiges Bauwerk. Man weiß nicht, ob er Bienenvölker hat oder ein Gefängnis.»

«Du würdest keinen Zaun ziehen, oder?», sagte ich.

«Ich glaube nicht», sagte Wingate. «Ich mag keine Zäune.»

«Hast du keine Angst, dass der Bär eines Nachts kommt und sich über deine Stöcke hermacht?»

«Nein. Bei mir würde sich das kein Bär trauen.»

«Warum nicht?»

«Weil ich der Sheriff bin.»

«Du bist im Ruhestand.»

«Aber das weiß der Bär nicht.»

«Erinnerst du dich an diesen Mort?», fragte ich ihn. «Drüben in Dead River?»

«Den seine Frau erschossen hat?», sagte Wingate.

«Den meine ich.»

«Klar erinnere ich mich», sagte Wingate. «So was vergisst man nicht so leicht.»

«Wie macht man so was?», sagte ich.

«Da ist nichts dabei. Man zielt, man zieht am Abzug, die Waffe macht peng, und schon ist es passiert.»

«Ich meine nicht sie», sagte ich. «Ich meine ihn. Mort. Er wollte alle beide erschießen. Er hat's ja versucht. Wie macht man das? Wie kommt man dahin?»

«Indem man ausrastet, würde ich sagen.»

«Aber wie? Wie kommt es, dass man ausrastet?»

Wingate schüttelte den Kopf.

«Natürlich», fuhr ich fort, «würden manche sagen, dass es richtig war, was er getan hat. Mort. Manche haben es sogar gesagt.»

«Manche Leute sagen alles Mögliche», sagte Wingate. «Wenn man hinterher tot ist, war es nicht richtig.»

«Nein.»

«Nichts entwickelt sich, nichts wird besser, wenn man tot ist. Nur solange man am Leben ist, kann es besser werden.»

«Aber auch schlechter.»

Wingate zuckte die Schultern. «Tja …»

«Es ist schlimm, wenn man heimkommt und seine Frau mit einem anderen im Bett findet», sagte ich.

«Klar ist das schlimm», sagte Wingate. «Aber wie es aussieht, tun die Leute letztlich, was sie tun wollen. Man kann sie nicht davon abhalten. Man sollte es nicht mal versuchen. Sonst hat man nichts als Schwierigkeiten.»

«Mort hat aber gedacht, er könnte sie davon abhalten.»

«Wäre aber schwer zu beweisen, dass das richtig war, oder?», sagte Wingate. «So wie sich die Dinge dann entwickelt haben.»

Von links ging eine Katze durch Wingates Garten. Sie schlich nicht, sondern schritt steifbeinig, beinahe stolzierend, an den Bienenstöcken vorbei, verharrte kurz und sah uns an, bevor sie ihren Weg fortsetzte und verschwand. Kein Zweifel, in diesem Sommer gab es eine Menge Katzen.

«Wem gehört die Katze?», fragte ich Wingate.

«Dem Nachbarn», sagte er. «Sie kommt jeden Tag mal vorbei. Würde auch gern an die Bienenstöcke gehen, aber sie weiß, was dann passieren würde.»

«Nämlich was?»

«Sie würde gestochen werden.»

«Ach so», sagte ich. «Ich dachte, du meinst, dass du dann irgendwie einschreiten würdest.»

«Nein», sagte Wingate. «Ich könnte ja sowieso nicht viel tun. Nein, die Bienen kommen allein zurecht.»

«Nur nicht mit Bären.»

«Ja, gut, das ist die Ausnahme», sagte Wingate.

«Oder mit einem kalten Frühjahr oder Bienenseuchen», sagte ich.

Wingate nickte.

«Ich wusste gar nicht, dass Katzen Honig mögen», sagte ich.

«Jeder mag Honig», sagte Wingate.

Wir saßen eine Weile da und sagten nichts.

«Schwester Penelope sagt, sie hat gehört, dass die Burschen, die deinen Deputy durch die Mangel gedreht haben, nicht von hier waren.»

«Es waren Russen.»

«Also nicht von hier.»

«Nein, nicht von hier», sagte ich.

«Ein ziemlich wilder Haufen, schätze ich», sagte Wingate.

«Könnte man sagen.»

«Was wirst du machen?»

«Ich werde machen, dass sie weggehen», sagte ich.

«Und wie willst du das machen?»

«Ich werde vernünftig mit ihnen reden», sagte ich.

«So wie du mit dem Duke-Jungen geredet hast?»

«Du meinst Sean?»

«Ja, den meine ich. Der war doch auch in die Sache verwickelt, oder? Was ist mit ihm?»

«Diese Schwester hält dich gut auf dem Laufenden.»

«Sag ich doch.»

«Ich hab ihn laufenlassen.»

«Tatsächlich?»

«Ja. Er hat sich davongemacht.»

«Ich denke, er ist in ihr Disneylandhaus eingebrochen», sagte Wingate.

«Stimmt.»

«Und du hast ihn laufenlassen?»

«Ja.»

«Warum?»

«Das weiß ich auch nicht.»

«Aber ich», sagte Wingate. «Steht alles in der Bibel. Da gibt's einen Schafhirten, der hat hundert Schafe. Eines Tages fehlt eins. Was macht er? Er sucht nach dem fehlenden Schaf und lässt die anderen neunundneunzig zurück. Viel Glück – die müssen jetzt allein zurechtkommen. Ist das sinnvoll? Nein, eigentlich nicht. Die neunundneunzig sind mehr wert als das eine. Das eine muss man abschreiben. Das wäre sinnvoll. Was dieser Typ in der Bibel getan hat, ist nicht sinnvoll, aber er hat's trotzdem getan. Wie alle anderen.»

«Das ist der Grund?»

«Für was?»

«Der Grund, warum ich Sean hab laufenlassen?»

«Das ist doch ein guter Grund, oder?»

«Gibt's denn noch mehr?»

«Es gibt immer noch mehr», sagte Wingate.

Er beugte sich vor und stützte die Ellbogen auf die Knie. Er sah über den Rasen und an den Bienenstöcken vorbei in den Wald.

«Damals, vor Jahren», sagte er, «hab ich euch Deputys immer gesagt: ‹Seid klug wie die Schlangen und ohne Falsch wie die Tauben.›»

«Weiß ich noch. Das ist auch aus der Bibel.»

«Allerdings.»

«Du hast es heute mit der Bibel.»

«Schwester Penelope ist Laienpredigerin», sagte Wingate.

«Hätte ich mir denken können.»

«Das mit den Tauben hast du anscheinend kapiert», sagte Wingate. «Aber an deiner Schlange musst du noch ein bisschen arbeiten.»

«Nein, muss ich nicht», sagte ich. «Den Teil hab ich nämlich auch drauf. Außerdem hat der nichts mit dem Sheriffsein zu tun.»

«Ach nein?»

«Nein. Die Leute tun sowieso, was sie tun wollen.»

«Tja», sagte Wingate, «aber das ist ja noch keine große Erkenntnis. Wenn du es so ausdrückst, ist es keine große Hilfe.»

«So hast du es ausgedrückt», sagte ich.

«Nein», sagte Wingate. «Ich hab gesagt, dass ihr euren Job machen sollt. Ganz egal, wie es sich später anhört – macht ihn dann, wenn ihr ihn machen müsst. Macht euren Job. So hab ich es ausgedrückt. Macht euren Job.»

«Aber du hast nicht gesagt, was der Job ist.»

«Nicht?», fragte Wingate.

«Nicht dass ich wüsste.»

«Wenn ich's nicht gesagt hab», sagte Wingate, «dann, weil ich's nicht sagen musste. Du wusstest es ja schon.»

«Was wusste ich?»

«Dass die Leute tun, was sie tun wollen», sagte Wingate. «Du kannst sie nicht davon abhalten. Du kannst nur aus ihrer Bahn gehen. Danach kommst du mit Mopp und Eimer.»

«Das habe ich doch gesagt.»

Wir saßen da. Die Katze kehrte von dort, wohin sie eben gegangen war, wieder zurück, stolzierte quer durch den Garten und verschwand.

«Wie geht's Clementine?», fragte Wingate.

«Gut», sagte ich.

EINE ANDERE WELT

Am Montag um zwei bekam Deputy Keen seine Verdiensturkunde des Gouverneurs für beispielhaften Mut und Einsatz zum Schutz der öffentlichen Sicherheit und der Bürger des Staates Vermont. Sie machten eine große Sache daraus. Die Zeremonie fand in Lyles Krankenhauszimmer statt, wo sich so viele hohe Tiere drängten, dass man einen ganzen Zoo hätte füllen können. Anwesend waren der stellvertretende Gouverneur, der Justizminister, die beiden Staatssenatoren unseres Countys, der Vorsitzende des Krankenhauskuratoriums, Lyles Arzt, sein Assistenzarzt, ein paar Krankenschwestern, zwei Pressefotografen und – siehe da – Crystal Finn, die aussah wie die junge Frau des neuen Pfarrers: das Haar frisch gewaschen und aufgesteckt und in einem hübschen blauen Kleid mit Ärmeln bis über die Ellbogen, so dass man die tätowierte Schlange nicht sehen konnte. Lyle lag im Bett, ließ sich fotografieren, schüttelte jedem die Hand und grinste breit. Sein eingegipstes Bein ragte in die Luft und ließ ihn aussehen, als wollte er mit dem Mond Fußball spielen.

Danach, als alle wieder hinausgingen, trat ich an das Bett, um mich zu verabschieden. «Bleiben Sie in der Nähe, Sheriff», sagte Lyle. «Kommen Sie in zehn Minuten noch mal.»

Also besorgte ich mir einen Becher Kaffee und nahm ihn mit in Lyles Zimmer. Nur Crystal war noch da. Sie saß auf dem Bett. Als ich eintrat, gab sie ihm gerade einen dicken Kuss, nahm seine Hand und hielt sie im Schoß.

«Wir haben uns verlobt», sagte Lyle.

«Ja», sagte ich, «sieht so aus.»

«Als ich gesehen hab, wie sie diese Ratten mit der Schrotflinte verscheucht hat, hab ich gewusst: Das ist die Richtige», sagte Lyle.

Crystal kicherte und tätschelte seine Hand.

«Genau so war's», sagte Lyle. Dann sah er zu Crystal auf und drückte ihre Hand. «Lass uns mal für zwei Minuten allein, Schatz», sagte er.

Crystal stand vom Bett auf und ging hinaus. Lyle und ich sahen ihr nach. Keine Frage, sie war ein gutgebautes Mädchen.

«Setzen Sie sich, Sheriff», sagte Deputy Keen. Ich setzte mich. Er nahm die Verdiensturkunde vom Nachttisch, ein gerahmtes, mit Bändern und Siegeln versehenes Stück Papier. Er musterte sie und ließ sie auf das Bett fallen.

«Bloß ein Haufen Scheiße, oder?», sagte er.

«Nicht nur», sagte ich.

«Danke», sagte der Deputy. «Danke, aber Sie wissen, dass das nicht stimmt. Ich hab gerade eine Auszeichnung dafür gekriegt, dass ich mich hab überrumpeln lassen wie der dümmste Besoffene in irgendeiner Bar. Das ist also bloß ein Haufen Scheiße.»

Ich sagte nichts.

«Aber ich hab sie angenommen», sagte der Deputy. «Ich wäre ja auch blöd, wenn ich's nicht täte.»

Ich nickte.

«Im Herbst werde ich Ihnen das Leben schwermachen. Bei der Wahl. Ich kandidiere gegen Sie.»

«Das hatte ich mir schon gedacht», sagte ich.

«Ich wollte Ihnen sagen, dass es nichts Persönliches ist», sagte Lyle. «Sie sind ein guter Mann, und Sie waren ein guter Sheriff. Aber die Welt, in der Sie aufgewachsen sind, war eine andere Welt als unsere.»

«Tatsächlich?»

«Das wissen Sie so gut wie ich. Die Methoden, die Sie gelernt haben, funktionieren heute nicht mehr. Ganz bestimmt nicht bei diesen Russen. Und nicht mal mehr bei den Leuten von hier. Sehen Sie sich Superboy an.»

«Was ist mit ihm?»

«Er ist ein Verbrecher. Schon seit Jahren. Er gehört ins Gefängnis. Aber Sie bringen ihn nicht ins Gefängnis. Sie warten darauf, dass er die Kurve kriegt. Neulich Abend hatten wir ihn, aber Sie haben ihn laufenlassen. Sie und dieser Trooper. Wo ist er jetzt?»

«Unterwegs.»

«Unterwegs. Irgendwohin, wo jemand anders ihn ins Gefängnis stecken muss. Weil Sie versagt haben. Sie wissen genau, dass ich recht habe. Geben Sie's zu.»

«Ich weiß nicht genau, dass Sie unrecht haben. Das gebe ich zu.»

«Und dann diese Russen. Sie schleichen auf Zehenspitzen um sie herum. Aber die sind der Feind, Sheriff. Wir sind im Krieg. Die sind unsere Feinde.»

«Nehmen wir mal an, das glauben Sie wirklich», sagte ich. «Was würden Sie tun?»

«Ich würde sie aus der Stadt jagen», sagte Lyle. «Und jeden, der zuckt, würde ich erschießen.»

«Tatsächlich?»

«Allerdings», sagte Lyle. «Aber Sie ... Sie machen diesen Job, als wären Sie irgendein Sozialarbeiter. Sie fahren nicht mit Ihrem Dienstwagen herum, sondern mit dieser alten Klapperkarre. Sie tragen keine Dienstwaffe. Sie tragen nicht mal eine Uniform. Glauben Sie etwa, dass Leute wie diese Russen oder wie Superboy so jemanden respektieren?»

«Alte Klapperkarre? Wollen Sie meinen Wagen beleidigen?»

«Glauben Sie das etwa, Sheriff?»

«Es ist mir egal, ob sie mich respektieren», sagte ich. «Sie sollen einfach tun, was ich ihnen sage.»

«Und das wäre?»

«Uns in Ruhe lassen.»

«Tja, und da haben Sie schon wieder Pech, Sheriff», sagte Lyle. «Denn die werden uns nicht in Ruhe lassen. Auf keinen Fall. Die werden uns ganz und gar nicht in Ruhe lassen. Die kommen über uns wie eine Schlangenplage. Die respektieren Sie nicht, die respektieren weder andere Leute noch das Gesetz. Und sie werden kommen. Ein paar sind schon hier, andere sind unterwegs, und wenn wir denen etwas entgegensetzen wollen, brauchen wir ein bisschen mehr als einen netten Mann mit einem langen Gedächtnis und guten Absichten.»

«Netter Mann? Sie nennen mich einen netten Mann?»

Lyle grinste und schüttelte den Kopf. «Tja», sagte er, «tu ich.»

«Dieses ‹mehr›, von dem Sie reden», sagte ich. «Dieses ‹mehr›, das wir brauchen – das sind dann wohl Sie?»

«Ganz recht, das bin ich», sagte Lyle.

«Kann sein», sagte ich. «Wir werden sehen. Aber ich räume nicht einfach das Feld. Im Herbst ist Wahl – es sei denn, Sie haben auch da eine bessere Idee. Haben Sie eine?»

«Nein.»

«Tja, dann», sagte ich, «wünsche ich uns beiden viel Glück.»

«Er will was?», sagte Clemmie. Sie saß auf dem Sofa und sah sich die Fernsehnachrichten an. «Er will was?» Sie schaltete den Fernseher aus.

«Er will kandidieren», sagte ich. «Er will Sheriff werden.»

«Du machst Witze.»

«Nein, ich mache keine Witze. Lyle auch nicht. Er stellt sich im Herbst zur Wahl.»

«Ich kann's nicht fassen», sagte Clemmie.

«Warum nicht? Lyle ist ein guter Polizist. Er ist seit … ich weiß nicht … fünf, sechs Jahren Deputy. Er hängt sich rein. Er hat eine Auszeichnung gekriegt. Er wird sagen, dass ich dem Job nicht mehr gewachsen bin. Davon ist er überzeugt. Und er wird auch andere überzeugen. Ich weiß nicht. Vielleicht hat er recht.»

«Recht?», sagte Clemmie. «Lyle Keen? Mein Gott, Lyle Keen ist kein halb so guter Mann wie du. Und er wäre kein halb so guter Sheriff wie du.»

Wumm! Was hatte Clemmie nur geraucht? Es musste ziemlich gut gewesen sein, dass sie solche Sachen sagte. Seit beinahe einer Woche kriegte ich praktisch nur ihren Rücken zu sehen. Ich beschloss, einen Versuchsballon direkt vor ihrer Nase steigen zu lassen – mal sehen, was dann passierte.

«Er sagt, ich bin zu nachsichtig mit den Bösewichtern», sagte ich. «Mit Sean zum Beispiel.»

Clemmie sah mich an. «Mit Sean?»

«Er wird sagen, ich habe Sean laufenlassen.»

«Und? Hast du?»

«Ja.»

«Warum?»

«Aus verschiedenen Gründen.»

«Aus welchen Gründen?» Clemmie sah mich unverwandt an. Ich musste daran denken, dass sie das in letzter Zeit nicht sehr oft getan hatte.

«Wir müssen darüber reden, findest du nicht?», sagte ich.

«Und ob», sagte Clemmie. «Ich hoffe, er bildet sich nicht ein, dass er dich nach all den Jahren einfach beiseiteschieben kann. Wir brauchen einen Plan. Wir müssen deinen Wahlkampf organisieren. Ich werde Daddy anrufen. Mit so was kennt er sich aus.»

Clemmie sprang auf und ging zum Telefon. Ich stand da, starrte auf die Stelle, wo sie gesessen hatte, und fragte mich, was aus meinem Versuchsballon geworden war. Hatte sie ihn abgeschossen? Hatte sie ihn verfehlt? Hatte sie ihn gar nicht bemerkt? Ich wusste es nicht.

Ich wusste nur, dass ich, als ich zu Bett ging, zwei Sachen hatte, die ich noch nie gehabt hatte – einen Gegenkandidaten und einen Wahlkampfmanager. Und etwas Drittes, das ich schon mal gehabt hatte, auch wenn es eine Weile her war: eine Frau, die mich ansah.

Ich schlief übrigens nicht auf dem Sofa.

EIN ERFORSCHER
DER MENSCHLICHEN NATUR

Es gab jetzt noch einen Russen, einen neuen. Das musste man ihnen lassen: Ihre Ersatzbank war gut besetzt. Und einer war wichtiger als der andere. Bei den Russen war es, wie es schien, so: Je höher man stieg, desto dicker wurde die Luft. Aber bei diesem Neuen war für mich Schluss. Wenn er einen Boss hatte, würde ich den nicht kennenlernen.

Ich fuhr, den Safe auf der Ladefläche, zum Russenhaus auf dem Berg. Als ich dort ankam, ging gerade die Sonne unter, und der Himmel im Westen leuchtete rot, als würde in den Bergen von Gilead eine Stadt in Flammen aufgehen.

Vor dem Eingang stand der Mercedes, und als ich den Pickup dahinter parkte, stieg der riesige Fahrer des Russen aus und kam mir entgegen. Er winkte mir auszusteigen, tastete mich ab und wies mit dem Kinn auf die Tür. Dann trat er an die Ladefläche, nahm den Safe unter den Arm, als wäre es ein Brot, und folgte mir ins Haus.

In dem Büro, das ich schon kannte, erwartete mich der Russe mit dem gegelten Haar, der nie ein Wort sagte und den Tracy Mr. Smith genannt hatte. Er stand neben dem Schreibtisch. Der neue Russe saß im Schreibtischsessel. Als ich eintrat, erhob er sich und ging zum Fenster. Er war ein winziges altes Kerlchen, nicht viel größer als eins fünfzig und mit einem dunklen, runzligen Gesicht, das mich an einen Apfel erinnerte, den die Hirsche übersehen haben und den man im Frühjahr im hohen Gras unter dem Baum findet. Am Fenster blieb er stehen und sah hinaus auf den Sonnenuntergang. Dann drehte er sich um und kehrte zum Tisch zurück.

Mr. Smith nickte in Richtung Tisch, und der Fahrer stellte den Safe darauf ab. Dann trat er wieder zwei Schritte zurück und legte die Hände übereinander. Mr. Smith, das alte Kerlchen, der Fahrer und ich standen da und betrachteten den Safe. Meine Chancen standen nicht besonders gut: auf der einen Seite drei Russen, einer davon so groß wie ein Baum, und auf der anderen ich. Wie es aussah, hatten sie mich in der Hand, aber immerhin waren sie angezogen.

Mr. Smith sagte etwas auf Russisch zu dem Fahrer, und der gab eine Antwort. Wieder nickte Mr. Smith, und der Fahrer verließ den Raum. Smith wandte sich zu mir.

«Setzen Sie sich doch, Sheriff», sagte er.

Ich blieb stehen. «Wo ist Tracy?», fragte ich ihn.

«Mister Tracy steht nicht mehr in unseren Diensten.»

«Wer ist der?», fragte ich und meinte das alte Kerlchen.

«Er ist unser Direktor», sagte Mr. Smith.

«Und wer sind Sie?»

«Ich bin der Dolmetscher.»

Mr. Smith sprach wie ein Professor und hatte einen Akzent, allerdings einen britischen. Er klang nicht gerade so, wie man es von einem Russen erwartet hätte. «Wie heißt er?», fragte ich Mr. Smith.

Mr. Smith sprach mit dem kleinen braunen Mann, und der antwortete etwas.

«Der Direktor sagt, für einen Mann in Ihrer Position stellen Sie viele Fragen», sagte Mr. Smith.

«Was ist denn meine Position?»

Mr. Smith gab die Frage an den Direktor weiter. Der zuckte die Schultern. Seine Aufmachung war ziemlich erstaunlich: Er trug einen einteiligen Anzug mit langem Reißverschluss. Das

Ding erinnerte an den Overall eines Mechanikers, nur dass es aus einem weichen, flauschigen gelbbraunen Material geschneidert war. Der Mann sah aus wie ein Zuhälter an seinem freien Tag. Er sagte etwas zu Mr. Smith.

«Er sagt, Sie tragen keine Waffe. Warum tragen Sie keine Waffe?»

«Wenn ich eine mitgebracht hätte, hätten Sie sie mir nur abgenommen», sagte ich. «Was hätte ich damit bewiesen?»

Mr. Smith übersetzte das, und der Direktor lächelte, nickte und setzte sich in den Schreibtischsessel. Es war ein großer Sessel; ich bezweifle, dass die Füße des Direktors den Boden berührten. Der Safe stand neben seinem rechten Ellbogen. Er sagte etwas zu Mr. Smith. Der drehte den Safe so, dass die Front dem Direktor zugewandt war, und trat zurück. Der Direktor zog einen Schlüssel aus einer Tasche seines Anzugs und schloss den Safe auf. Er öffnete die Tür. Er sah mich an. Dann sah er in den Safe. Er nahm etwas heraus; ich konnte nicht erkennen, was es war. Er musterte es, sah wieder zu mir, nickte und verschloss den Safe. Dann legte er die Hand darauf und sagte etwas zu Mr. Smith.

«Der Direktor fragt, ob Sie wissen, wer das hier gestohlen hat?», sagte Mr. Smith.

«Ja», sagte ich.

«Wer?»

«Ein Junge.»

Mr. Smith übersetzte. Der Direktor antwortete.

«Warum?», fragte Mr. Smith.

«Er dachte, es wäre Geld darin.»

Mr. Smith übersetzte. Der Direktor schwieg eine Weile. Dann stellte er die nächste Frage.

«Der Direktor fragt, ob Sie den Jungen kennen», sagte Mr. Smith.

«Ja.»

«Wissen Sie, wo er jetzt ist?»

«Nein.»

«Aber er ist hier? In diesem Bezirk?»

«Nein.»

Jetzt sprach der Direktor länger mit Mr. Smith.

«Der Direktor sagt, wenn dieser Junge hier eingebrochen und den Safe gestohlen hat, dann ist er ein Verbrecher.»

«Das stimmt», sagte ich.

«Sie sind Polizist. Sie kennen diesen Verbrecher. Der Direktor will wissen, warum Sie diesen Verbrecher nicht verhaftet haben. Ist er Ihr Sohn?»

«Ich habe keinen Sohn.»

«Ist er der Sohn Ihres Bruders?»

«Ich habe keinen Bruder.»

Mr. Smith übersetzte das für den Direktor, der eine weitere Frage stellte.

«Warum schützen Sie ihn dann, diesen Jungen, diesen Verbrecher?», fragte Mr. Smith.

«Das ist eben meine Arbeitsweise.»

Mr. Smith übersetzte das für den Direktor. Der sah mich an und hob die Augenbrauen. Dann sagte er etwas zu Mr. Smith.

«Das ist Ihre Arbeitsweise? Der Direktor würde gern wissen, warum.»

«Weil ich es so gelernt habe.»

«Der Direktor fragt, wer Ihr Lehrer war.»

«Niemand, den Sie kennen.»

«Der Direktor möchte es gern wissen.»

«Ich finde, das geht ihn nichts an», sagte ich.

«Das entscheidet der Direktor», sagte Mr. Smith.

«Nein, das entscheidet er nicht», sagte ich. «Sie haben, was

Sie wollten. Sie haben Ihren Safe. Was kümmert es Sie, wer ihn gestohlen hat und was mit ihm geschieht?»

«Es kümmert uns nicht», sagte Mr. Smith. «Aber der Direktor ist neugierig. Er ist ein Erforscher der menschlichen Natur.»

«Ganz bestimmt», sagte ich.

Wieder sprach der Direktor. Er sagte etwas zu Mr. Smith. Dann zielte er mit ausgestrecktem Zeigefinger und erhobenem Daumen auf den Safe und sagte: «Bumm, bumm.»

«Der Direktor sagt, dass der Dieb anscheinend auf den Safe geschossen hat», sagte Mr. Smith.

«Es sieht so aus.»

«Warum hat er das getan?»

«Er dachte, er könnte ihn aufschießen», sagte ich.

Mr. Smith übersetzte. Der Direktor antwortete.

«Warum hat er das gedacht?», fragte Mr. Smith.

«Weil er es im Fernsehen gesehen hat.»

Mr. Smith sagte es dem Direktor. Der Direktor lachte und schüttelte den Kopf. Dann sagte er etwas zu Mr. Smith.

«Der Direktor sagt, dieser Junge ist ein Trottel», sagte Mr. Smith.

«Das stimmt.»

«Er ist also nicht nur ein Verbrecher, sondern auch noch dumm», sagte Mr. Smith.

«Auch das stimmt.»

«Der Direktor sagt, dass er Glück gehabt hat. Es ist sein Glück, dass er den Safe nicht öffnen konnte. Es ist sein Glück, dass er ein Trottel ist.»

Ich nickte.

«Der Direktor sagt, wenn der Junge den Safe geöffnet hätte, wäre er jetzt kein Trottel mehr», sagte Mr. Smith.

«Ich weiß», sagte ich.

«Er hätte viel gelernt», sagte Mr. Smith.

«Ich weiß.»

Der Direktor zeigte auf den Safe, sagte noch einmal: «Bumm, bumm», und lachte. Er amüsierte sich großartig. Er sagte etwas zu Mr. Smith.

«Der Direktor sagt, Gott liebt die Trottel», sagte Mr. Smith.

«Das ist mir neu», sagte ich.

Wieder sprach der Direktor. «Der Direktor fragt, welches Ihr Amt ist», sagte Mr. Smith. «Sind Sie der Polizeipräsident?»

«Ich bin der Sheriff», sagte ich. Mr. Smith übersetzte, und der Direktor stellte die nächste Frage.

«Sheriff von was?», fragte Mr. Smith. «Der Gemeinde?»

«Sheriff des Countys», sagte ich. «Siebzehn Gemeinden.»

Smith gab das weiter. Der Direktor lachte, wies aus dem Fenster und sagte etwas. Smith lachte ebenfalls und wandte sich zu mir.

«Der Direktor sagt, Sie sind Sheriff von siebzehn Gemeinden ohne Einwohner», sagte er.

Ich sah ihn an.

Der Direktor fuhr fort. «Er sagt, es muss leicht sein, Sheriff von siebzehn Gemeinden ohne Einwohner zu sein. Und wenn es irgendwelche Einwohner gäbe und sie würden gegen das Gesetz verstoßen, dann würden Sie sie nicht einsperren, denn das ist eben Ihre Arbeitsweise. Das ist leicht, nicht?»

«Manchmal. Manchmal auch nicht.»

Der Direktor sagte noch etwas zu Mr. Smith.

«Der Direktor sagt, hier wäre er auch gern Sheriff», sagte Mr. Smith. «Wie wird man das?»

«Man wird gewählt.»

«Der Direktor fragt, ob er wohl Stimmen bekommen würde, wenn er sich zur Wahl stellen würde.»

«Klar würde er Stimmen kriegen», sagte ich. Mr. Smith übersetzte das.

Diesmal fiel die Antwort des Direktors länger aus. «Der Direktor bezweifelt das», sagte Mr. Smith. «Er sagt, er bezweifelt sehr, dass er mehr Stimmen bekommen würde als Sie. Er sagt, Sie sind ein sehr guter Sheriff.»

Ich wartete.

«Sie sind ein guter Sheriff, weil Sie nichts tun», sagte Mr. Smith.

Wieder lachte der Direktor. Er stand auf und sagte etwas zu Mr. Smith, das dieser nicht übersetzte. Dann ging er hinaus. Von hinten sah er in seinem Overall aus wie ein kleiner brauner Hase.

«Sie können jetzt gehen, Sheriff», sagte Mr. Smith.

«Ich bin noch nicht fertig», sagte ich.

«Ja?»

«Sie haben Ihren Safe», sagte ich. «Jetzt will ich, dass Sie und der kleine Mann und der Fahrer und alle anderen aus meinem County verschwinden. Aus meinem County und aus Vermont. Finden Sie einen anderen schönen Ort. Ich will nichts mehr von Ihnen sehen oder hören.»

«Aber Sheriff», sagte Mr. Smith, «wir haben hier wertvollen Grundbesitz.»

«Verkaufen Sie ihn.»

«Sie missverstehen uns, Sheriff», sagte Mr. Smith. «Immerhin sind wir die Geschädigten. Wir sind bestohlen worden. Wir sind in Ihrem Bezirk, um das ruhige Landleben zu genießen. Das ist alles. Der Direktor ist, wie Sie sicher bemerkt haben, kein junger Mann. Es gefällt ihm hier. Die Landschaft erinnert ihn an die Gegend, in der er aufgewachsen ist. Die Berge. Die Wälder. Die kleinen Ortschaften mit ihren kleinen Kirchen. So hübsch.»

«Sehr hübsch», sagte ich.

«Wir lieben diese Landschaft. Wir wissen sie zu schätzen. Sie verstehen uns nicht, Sheriff.»

«Ich bin eben kein Erforscher der menschlichen Natur.»

«Wir sind keine schlechten Menschen, Sheriff.»

«Erzählen Sie das Ihrer Großmutter», sagte ich.

DA WAR SIE (WIEDER)

Man kennt den alten Witz über den Mann, der in einer dieser kleinen Gemeinden hier oben für einen Sitz als Abgeordneter kandidiert und verliert. Am Morgen nach dem Wahltag geht er wie jeden Tag zum Postamt und in den Laden, wo alle ihn kennen. Er tut ihnen leid. Alle sagen: «Ich hab für dich gestimmt – schade, dass du verloren hast», oder: «So eine Schande – du warst von Anfang an mein Kandidat», oder: «Meine Stimme hast du jedenfalls gekriegt – zu dumm, dass es nicht gereicht hat», und so weiter. Der Verlierer erledigt, was er im Postamt und im Laden zu erledigen hat, und als er auf dem Heimweg ist, wird ihm bewusst: Wenn alle für ihn gestimmt hätten, die es behauptet haben, hätte er nicht verloren.

Im Herbst, als es bis zur Wahl nur noch wenige Wochen waren, kam ich mir langsam vor wie dieser Mann: Alle mögen ihn, alle stimmen für ihn, aber der andere gewinnt.

Deputy Keen war vollständig genesen, berühmt und wieder im Dienst, und er legte sich mächtig ins Zeug, um meinen Job zu kriegen. Das Komische war: Wir arbeiteten zusammen, vertrugen uns aber besser als je zuvor. Zum Teil lag das daran, dass Lyle eine Menge Wahlkampf machte, so dass wir uns im Büro nicht oft über den Weg liefen. Aber wenn wir miteinander zu tun hatten, war er respektvoll und kooperativ und führte Anweisungen aus, ohne seinen Senf dazuzugeben. Er war so nett wie nur was – so nett wie der Fuchs zu einem Huhn, das er demnächst verspeisen will.

Lyle machte einen guten Wahlkampf und hatte etliche Helfer. In der Zeitung waren Leserbriefe seiner Unterstützer abgedruckt. In allen stand mehr oder weniger dasselbe: Zeit für eine Veränderung, für einen neuen Mann, für ein neues Denken. Der gegenwärtige Sheriff ist ein guter alter Kerl, aber so weit hinterm Berg, dass er praktisch gar nicht mehr in Vermont ist. Er ist faul geworden. Er lässt bekannte Bösewichter laufen. Ein Brief war von Emory O'Connor, der schrieb, heutzutage könne man in unseren Gemeinden nicht mehr mit den Methoden der fünfziger Jahre für Sicherheit sorgen. Ich fand das ziemlich gut.

«Der Dummkopf war in den fünfziger Jahren noch nicht mal geboren», sagte Clemmie.

«Du aber auch nicht», sagte ich.

Lyle war natürlich nicht der Einzige, der Unterstützer hatte. Ich hatte auch welche. Clemmie und ihr Vater nahmen die Sache in die Hand. Brauchten sie mich eigentlich? Vielleicht nicht. Auf jeden Fall waren meine eigenen Vorstellungen von meinem Wahlkampf (immerhin etwas, das ich, ganz auf mich allein gestellt, schon siebenmal erfolgreich hinter mich gebracht hatte) das Allerletzte, was in die Entscheidungsprozesse einfloss.

Zum Beispiel die Schilder. Lyle hatte welche, Papptafeln in Rot, Weiß und Blau, auf denen stand: KEEN – UNSER NEUER SHERIFF. Jedes Schild war an einem dünnen Pfosten befestigt, damit man es in seinem Vorgarten aufstellen konnte und alle sahen, für wen man stimmen würde.

Ich mochte diese Schilder nicht. Ich sah nicht ein, dass jeder wissen sollte, wen man wählen wollte. Die Leute sollten einfach zur Wahl gehen. Ich brauchte keine Schilder. Ich war siebenmal ohne Schilder gewählt worden und ließ Clemmie und Addison wissen, dass es diesmal nicht anders sein würde.

O doch.

«Du brauchst diese Schilder, Lucian», sagte Addison. «Tut mir leid, wenn sie dir nicht gefallen, aber du brauchst sie.»

«Warum?», fragte ich ihn. «Ich habe siebenmal kandidiert und nie irgendwelche Schilder verteilt. Warum soll es diesmal anders sein?»

«Du hattest siebenmal keinen Gegenkandidaten», sagte Addison. «Aber jetzt musst du Lyle Keen schlagen. Du musst zugeben, das ist ein Unterschied.»

«Daddy hat recht», sagte Clemmie.

Also ließen wir ein paar hundert Schilder drucken: WING – UNSER ALTER UND NEUER SHERIFF. Unsere waren grün, weil Lyle uns bei Rot, Weiß und Blau zuvorgekommen war. Ich weigerte mich aber, im County herumzufahren und sie an Wähler zu verteilen, und so übernahmen Clemmie und Addison diese Aufgabe, und dabei hätten wir die Sache beinahe in den Sand gesetzt.

In der Woche vor der Wahl nahm Deputy Keen meinen Schwiegervater wegen Trunkenheit am Steuer fest. Addison hatte meine Schilder in Afton verteilt; allerdings musste man sich fragen, wie viele Schilder er wohl um zwei Uhr morgens und mit über hundertzwanzig Sachen unters Volk bringen wollte.

«Lyle Keen will uns aus dem Rennen werfen», sagte Clemmie.

«Und das stellt er ziemlich geschickt an», sagte ich. «Er will meinen Job haben, einen Polizeijob, und erwischt eine Woche vor der Wahl meinen Wahlkampfmanager, der betrunken durch die Gegend fährt. Das macht keinen guten Eindruck. Das ist keine große Hilfe.»

«Er trinkt gar nicht mehr so viel», sagte Clemmie. «Es war eine Falle. Das weiß ich genau.»

«Er war mit hundertvierundzwanzig Kilometern pro Stunde unterwegs», sagte ich. «Und wenn er jetzt nicht mehr so viel trinkt, dann nur, weil er schon ganz durchtränkt ist.»

Das war wahrscheinlich die falsche Bemerkung.

«Auf wessen Seite stehst du eigentlich?», sagte Clemmie. «Er wollte dir doch nur helfen.»

«Ich hab ihn aber nicht darum gebeten.»

«Natürlich hast du ihn nicht darum gebeten. Immer im Recht. Du willst dir nie von irgendjemandem helfen lassen. Das ist es ja.»

«Das ist was?»

«Das weißt du ganz genau.»

«Das ist was?»

Tja, auf dieser Straße ging es, wie es aussah, nicht weiter. Ich verbrachte die Nacht auf dem Sofa. Am nächsten Morgen ragte Clemmies Rücken wieder auf wie eine Bergflanke.

Es war nicht das erste Mal, dass Addison betrunken gefahren war. Sein Führerschein wurde für neunzig Tage eingezogen. Darum hatten wir jetzt viel öfter mit ihm zu tun als sonst, denn Clemmie oder ich mussten ihn fahren.

«Es tut mir wirklich leid», sagte Addison eines Tages, als ich ihn zur Kanzlei fuhr.

«Mach dir keine Sorgen», sagte ich. «Es sind ja nur drei Monate. Drei Monate kann man alles aushalten.»

«Aber es wird deinen Vorsprung verringern», sagte Addison. «Clemmie und ich, wir wollten dir einen Erdrutschsieg bescheren.»

«Von was für einem Vorsprung redest du eigentlich?»

«Von dem Vorsprung, mit dem du die Wahl gewinnst.»

«Ich werde nicht gewinnen.»

«Natürlich wirst du gewinnen», sagte Addison.

«Das denkst du.»

«Das weiß ich. Meinst du, die Wähler wollen einen Jagdhund wie Deputy Keen als Sheriff? Quatsch. Der fährt den ganzen Tag herum und nimmt Leute fest. Das will keiner. Dafür kriegt er keine Stimmen. Die Leute sagen zwar, dass sie ihn wählen werden, aber sie werden's nicht tun. Du wirst sehen. Keen versteht nicht, worauf es bei diesem Job ankommt.»

Addison klang langsam wie Wingate.

«Wir werden sehen», sagte ich.

«Und noch was», fuhr Addison fort. «Denkst du, ich hätte mich bereit erklärt, deinen Wahlkampf zu managen, wenn du verlieren würdest? Wofür hältst du mich, Lucian?»

Aber in diesem Herbst ging es nicht nur um Politik. Hin und wieder hörte ich ein Echo der alten Geschichte mit Sean und den Russen – und ich konnte in Gedanken noch immer die Karren vor dem Ethan Allen zählen, auch wenn das Bild langsam verblasste. Sechs, fünf, vier, drei … keiner mehr. Sie verblassten. Sollte ich es geschehen lassen? Konnte ich das? Was war die starke Entscheidung? Was war die schwere Entscheidung? Was war die richtige Entscheidung? Lief alles auf dasselbe hinaus? Ich hatte immer gedacht, dass es auf dasselbe hinauslief – ausgenommen manchmal beim Sheriffsein.

An einem Montag, am Vortag der Wahl, kam mit der Post ein Umschlag ins Sheriffbüro. Er war an mich adressiert und mit einer französischen Marke frankiert. Darin war eine aufwendig gedruckte Karte:

Les Intérieurs Mâles
Photographies Americaines
par
MORGAN ENDOR
Galerie Faye
6 Rue Dauphine
Paris Vième

Die Karte war zum Aufklappen; innen war ein Foto von Sean als Taucher: Badehose, Flossen, Harpune. Er starrte den Betrachter durch eine Taucherbrille an.

Erst wollte ich die Karte wegwerfen. Aber ich tat es nicht. Ich saß eine gute Weile an meinem Schreibtisch. Ich sah aus dem Fenster. Man konnte über die Grünfläche bis zum Gerichtsgebäude hinter den alten Ahornbäumen sehen. Man konnte Leo Crocker sehen, der das Laub unter den Bäumen zusammenharkte. Leo war in der Schule eine Klasse über mir gewesen. Er hatte am First Base gestanden und sowohl links- als auch rechtshändig geschlagen. Seine Tochter war in der Air Force. Heutzutage können Töchter in der Air Force sein. Leos und meine Mutter waren befreundet gewesen. Genau besehen, waren sie sogar Cousinen gewesen, und das hieß wohl, dass Leo und ich Cousins waren.

Mit Sheriffsein kannte ich mich aus; es war so ziemlich das Einzige, womit ich mich auskannte. Aber was war Sheriffsein eigentlich? Ich fand, Sheriffsein sei das einzig Wahre: Es bedeutete, dass man den Job so gut erledigte, wie man konnte, am Montag, am Dienstag, am Mittwoch und so weiter, die ganze Woche hindurch. Sheriffsein war weich und war nie perfekt, aber der Job wurde erledigt. Das Gesetz war etwas anderes. Das Gesetz war hart. Clemmie behauptete immer, ich sähe mich als Verkörperung des Gesetzes. Immer im Recht. Aber ich war nicht das Gesetz. Weit gefehlt. Ich war der Sheriff. Das Gesetz war beinahe das Gegenteil von Sheriffsein; es war das, was kam, wenn das Sheriffsein nichts gebracht hatte. Das Sheriffsein war nicht perfekt, das Gesetz aber war es. Es musste perfekt sein. Das Gesetz erledigte keinen Job, sondern setzte einen Schlusspunkt. Es war immer da. Man konnte immer darauf zurückgreifen. Vielleicht war dieser Zeitpunkt für uns gekommen. Ich steckte Morgan Endors Karte ein.

Abends nahm ich sie mit nach Hause. Clemmie war in der Küche und kochte das Abendessen. Ich reichte ihr den Umschlag und sah, wie sie die Karte herauszog. Ich sah, wie sie die Vorderseite las. Ich sah, wie sie sie aufklappte. Ich sagte nichts. Bringen wir's hinter uns, dachte ich. Es ist, was es ist. Hier hat das Sheriffsein ein Ende.

Clemmie betrachtete das Foto von Sean.

«Oh», sagte sie.

«Weißt du, wer das ist?», fragte ich sie.

Clemmie strich mit den Fingerspitzen über das Foto.

«Ja», sagte sie.

«Wir müssen reden, nicht?», sagte ich.

Clemmie trat zu mir. Sie strich nicht mehr mit den Fingerspitzen über das Foto von Sean, sondern legte sie mir auf die Lippen.

«Nein, müssen wir nicht», sagte sie.

Da war sie.

Am nächsten Tag schlug ich Lyle, und zwar deutlich. Eine Woche nach der Wahl wechselte er zur Polizei einer Stadt in Massachusetts. Er und Crystal zogen fort. Soviel ich weiß, geht es ihm sehr gut.

EPILOG
DER MACKER UND DAS ENDE

Ein paar Tage vor Thanksgiving brannte das Russenhaus mitten in der Nacht bis auf die Grundmauern ab. Es war ein gewaltiges Feuer – man konnte den Widerschein noch aus dreißig Kilometern Entfernung sehen.

Wir wollten gerade zu Bett gehen, als das Funkgerät quakte. Clemmie bürstete ihr Haar aus.

«Du willst doch nicht etwa da rauffahren?», sagte sie.

«Ich glaube schon», sagte ich und zog mich wieder an.

«Wozu denn? Da brennt es. Bist du ein Feuerwehrmann? Mein Gott, bist du jetzt auch noch Feuerwehrmann?»

«Nein», sagte ich. «Ich bin kein Feuerwehrmann. Warte nicht auf mich.»

«Sei vorsichtig», sagte Clemmie.

«Wie immer.»

Auf dem Berg war anscheinend die Hälfte der Feuerwehrwagen des Countys versammelt – die Hälfte der Feuerwehrwagen und drei viertel der Feuerwehrmänner. Man hatte einen zweiten und dann einen dritten Alarm ausgegeben, nicht um das Feuer zu löschen, sondern vielmehr um sicherzustellen, dass auch ja keiner die Show verpasste. Die Flammen schlugen noch immer bis über die Baumwipfel empor und beleuchteten die großen roten Feuerwehrwagen und die glänzenden schwarzgelben Monturen der Männer, sie ließen Schatten tanzen und Funken stieben und spuckten roten und schwarzen Rauch. Im Dunkel der Nacht sah es aus wie die Hölle ohne Beleuchtung.

Ich fand den Feuerwehrhauptmann von Grenada, der bei seinen Männern stand. Das Russenhaus lag in seinem Bezirk, also hatte er das Kommando. Er war ein alter Hase.

«Hallo, Lucian», sagte er. «Haben Sie Grillwürstchen mitgebracht?»

«Nur eins», sagte ich.

«Ich auch», sagte er. «Glaube ich jedenfalls. Müsste hier irgendwo sein.» Er klopfte die Front seines langen feuerfesten Mantels ab.

«Was für ein Feuer», sagte ich.

«Sie hätten es vor einer halben Stunde sehen sollen.»

«Ist noch jemand drinnen?»

«Ich hoffe nicht.»

«Ein Kurzschluss?», fragte ich ihn.

Er lachte. «Das war kein Kurzschluss», sagte er. «Wenn was so brennt, hat einer nachgeholfen.»

«Tja.»

«Sie waren im letzten Sommer doch öfters hier oben», sagte der Feuerwehrhauptmann. «Wir müssen den Eigentümer benachrichtigen. Wissen Sie, wer das ist?»

«Soviel ich weiß, ist das Haus zu verkaufen.»

«Jetzt nicht mehr.»

«O'Connor in Manchester ist der Verwalter», sagte ich. «Im Sommer jedenfalls war er's noch. Kennen Sie ihn?»

«Ich kenne Emory», sagte der Feuerwehrhauptmann. «Mit dem soll irgendjemand anders reden.»

«Es gibt einen Hausmeister», sagte ich. «Mayhew. Buster Mayhew. Kennen Sie ihn?»

«Klar kenne ich Buster. Er war vorhin da, aber ich hab ihm gesagt, er kann nach Hause gehen. Er hatte nicht viel beizutragen.»

«Nein.»

«Buster ist, ehrlich gesagt, nicht die hellste Kerze in der Kirche.»

«Na ja», sagte ich, «es kann ja nicht jeder eine Geistesgröße wie Sie oder ich sein.»

«Traurig, aber wahr», sagte der Feuerwehrhauptmann.

Ich spazierte zwischen den Grüppchen von Feuerwehrmännern aus verschiedenen Gemeinden umher und suchte Buster Mayhew. Ich fand ihn nicht, dafür aber Trooper Timberlake.

«'n Abend, Sheriff», sagte Timberlake.

«Trooper», sagte ich. «Sie treffen bei solchen Sachen immer all Ihre Freunde, stimmt's?»

«Richtig, Sheriff.»

«Von dem Haus wird nicht mehr viel übrig bleiben.»

«Ich würde sagen, das ist kein großer Verlust, Sheriff», sagte Timberlake.

«Schon möglich.»

«Sheriff?»

«Trooper?»

«Ich hab Sie seit der Wahl nicht gesehen», sagte Timberlake, «und möchte Ihnen gratulieren. Manche von uns haben Ihnen sehr die Daumen gedrückt. Natürlich nicht öffentlich.»

«Natürlich nicht.»

«Aber manche fanden, dass Lyle der bessere Mann für den Job gewesen wäre.»

«Lyle ist ein guter Mann.»

«Ja», sagte Trooper Timberlake. «Vielleicht zu gut.»

«Zu gut?»

«Genau, Sheriff. Sie wissen schon, was ich meine.»

«Ich hab mich was gefragt, Trooper», sagte ich.

«Ja, Sheriff?»

«Die Nacht, als Sean Duke sich davongemacht und euer Funker alle verfügbaren Streifenwagen nach Grafton anstatt nach Afton geschickt hat – erinnern Sie sich?»

«Ja, Sheriff.»

«Wie kam das eigentlich? Wie hat sich das entwickelt, Trooper?»

«Wie es scheint, gab es da eine Art Übermittlungsproblem, Sheriff.»

«Und Sie waren nicht zufällig ein Teil dieses Problems, Trooper?», sagte ich. «Ich meine, Sie persönlich?»

«Also, Sheriff», sagte Timberlake, «es könnte sein, dass ich die erste Durchsage unseres Funkers auf eine Weise korrigiert habe, die für einige Kollegen irreführend war. Die Verbindung war ziemlich schlecht, Sheriff.»

«Kann ich mir vorstellen.»

«Wenn Sie sich erinnern, Sheriff: In der Nacht hat sich alles ziemlich rasant entwickelt.»

«Ich erinnere mich.»

Wir standen da und sahen zu, wie das Russenhaus abbrannte. Es musste da drinnen irgendwo einen Tank oder eine Gasleitung geben, denn die Flammen schlugen jetzt höher als zuvor. Eine der Feuerwehrmannschaften hatte ihre Pumpe angeworfen und bespritzte die Umgebung des Hauses. Noch in fünf Metern Abstand zum Feuer dampfte die Erde.

«Haben Sie schon einen neuen Deputy eingestellt, Sheriff?», fragte Trooper Timberlake mich nach einer Weile.

«Nein, noch nicht», sagte ich. «Ich hab's nicht eilig. Ich warte auf den richtigen Mann.»

«Das ist klug, Sheriff.»

«Ich nehme an, das ist nichts, was Sie irgendwie interessieren könnte, Trooper? Diese Deputy-Stelle?»

«Ich weiß nicht, Sheriff», sagte Timberlake. «Vielleicht doch. Allerdings würde ich wohl weniger verdienen, oder?»

«Da könnten Sie recht haben», sagte ich. «Wie Sie wissen, kriege ich mein Geld nicht vom Gouverneur.»

«Natürlich nicht.»

«Andererseits … Geld ist nicht alles», sagte ich.

«Aber auch nicht nichts», sagte Timberlake.

«Sie sind verheiratet, stimmt's, Trooper?»

«Richtig, Sheriff. Seit zwei Jahren.»

«Kinder?»

«Noch nicht.»

«Sie werden schon zurechtkommen», sagte ich. «Man kann nie wissen – vielleicht gefällt Ihnen das Sheriffsein. Es ist anders als da, wo Sie jetzt sind. Zwischen Sheriffsein und einem Job bei der State Police ist ein großer Unterschied.»

«Ja», sagte Timberlake.

«Es ist wie der Unterschied zwischen einer sanften Brise und einem Hurrikan.»

«Ja», sagte Timberlake.

«Sheriffsein ist die sanfte Brise.»

«Ja», sagte Timberlake.

«Es ist wie der Unterschied zwischen einem Mann im Bärenkostüm und einem echten Bären.»

«Und was ist da was, Sheriff?»

«Ich habe keine Ahnung.»

«Ich lass es mir mal durch den Kopf gehen», sagte Timberlake.

«Und es gibt weit und breit keinen Säbel», sagte ich.

«Wie bitte, Sheriff?»

«Nichts. Lassen Sie's sich durch den Kopf gehen, Trooper.»

«Werd ich tun», sagte Timberlake. «Ich melde mich bei Ihnen.»

Clemmie schlief, doch als ich ins Schlafzimmer trat, wachte sie auf, drehte sich um und schaltete die Nachttischlampe an. Sie lag im Bett und sah mich an.

«Wie viel Uhr ist es?», fragte sie.

«Ungefähr halb drei.»

«Was ist passiert?»

«Nichts», sagte ich. «Das Haus ist total abgebrannt. Was immer da oben war, ist nicht mehr da. Alles weg.»

Clemmie gähnte und reckte sich. Sie war noch immer nicht ganz wach. Ich begann mich auszuziehen.

«Das war doch das Haus, über das Daddy für dich Nachforschungen anstellen sollte», sagte Clemmie.

«Genau», sagte ich und zog mir die Schuhe aus.

«Das mit den Russen», sagte Clemmie.

«Genau das.»

«Das mit dem Mann, den Sean ... mit dem Mann, der verprügelt worden ist.»

«Mit dem Nackten», sagte ich. Ich knöpfte das Hemd auf.

«Das weiß ich noch», sagte Clemmie. «Ich hatte ‹Macker› verstanden. Ich dachte, in der Funkmeldung wäre von einem ‹Macker› die Rede gewesen.»

«Nicht ‹Macker›», sagte ich. «Nackter.»

«Ja», sagte Clemmie. «Und du hast gesagt, du bist ein Macker. Das hab ich nicht verstanden.»

«Aber jetzt verstehst du's.» Ich machte den Gürtel auf.

«Ich glaube schon», sagte Clemmie. «Es sollte ein Witz sein.»

«Genau.»

«Du bist gar kein Macker.»

«Nein.»

«Aber ein Nackter bist du auch nicht», sagte sie.

«Wart's ab», sagte ich.

DANK

Es ist mir eine besondere Freude, mich bei Chip Fleischer und Roland Pease, Lektoren bei Steerforth Press, für ihren Anteil an diesem Buch zu bedanken. Sie haben es ebenso gut verstanden wie sein Autor – manchmal sogar besser als er –, und ihre Reaktionen und Vorschläge waren ein Musterbeispiel für Intelligenz und Feingefühl.

INHALT

Castle Freeman
Der Klügere lädt nach
Roman. 208 Seiten. Gebunden
ISBN 978-3-312-01058-5

Seit einiger Zeit schläft Sheriff Lucian Wing im Büro. Seine Frau Clemmie hat ihn rausgeschmissen. Ein Sheriff, der seine häuslichen Probleme nicht im Griff hat, dem vertrauen die Bürger nicht. Und schon gar nicht der neue Vorsitzende: ein Ehrgeizling von ausserhalb, der keine Nerven zeigt für Wings Methode. Mehrfach sind junge Rowdys in seltsame Unfälle verwickelt; bei der Vernehmung später sind sie auffällig wortkarg und verlassen kurz darauf die Gegend. Der Sheriff sieht keinen Handlungsbedarf, schliesslich sind im Ergebnis alle zufrieden. Der neue Vorsitzende lässt jedoch nicht locker, er wird richtig unangenehm.

Nach den vielgepriesenen, kultigen und sehr erfolgreichen Romanen *Männer mit Erfahrung* und *Auf die sanfte Tour* sind in Freemans neuem Sheriff-Roman sowohl die bösen Jungs gefährlich als auch diejenigen, die die Gesetze selbst in die Hand nehmen.

»Castle Freeman läuft mit seinem dritten Roman aus dem Vermonter Kosmos erneut zu literarischer Hochform auf.«
Franziska Meister, Die Wochenzeitung

NAGEL & KIMCHE